LES JEUX DU LOUP

LES LOUPS DE GRANITE LAKE, TOME 3

VIVIAN AREND

Ceci est une œuvre de fiction. Les noms, les personnages, les lieux et les incidents sont le produit de l'imagination de l'auteur ou sont employés de manière fictive, et toute ressemblance à des personnes, existant ou ayant existé, des entreprises, des événements ou des lieux ne serait qu'une coïncidence.

WOLF GAMES / Les Jeux du loup

Copyright © 2010 par Arend Publishing Inc.

ISBN : 9781990674044

Correction de la version originale par Anne Scott

Relecture de la version originale par Sharon Muha

Traduit par Murielle Clément et Valentin Translation

Conception de la couverture par Croco Designs

1

Maggie hésita alors que la promenade sous ses pieds se brouillait.

— Tu vas bien ?

Elle hocha la tête, mais attrapa quelques autres pilules de son sac à dos et les fit passer avec quelques gorgées d'eau. Ses vertiges étaient devenus plus fréquents. Allait-elle vraiment bien ? Pas encore, mais le remède pourrait faire davantage effet.

— Tu me fais vraiment peur. Si je ne le savais pas, je soupçonnerais que tu faisais autre chose que des remèdes à base de plantes.

Pam lui bloqua le chemin et la regarda sévèrement. Enfin satisfaite, son amie attrapa le sac de sport de Maggie sur son épaule.

— Puisque tu insistes sur le fait que tu doives te mouiller au lieu de simplement te mettre dans les sacs de couchage, je suis ton Sherpa. Tu te concentres sur la marche. Je ne veux pas avoir à te porter à nouveau.

Maggie rit faiblement.

— Hé, ça n'est arrivé qu'une seule fois

— Oui, une fois suffit. Tu ressembles à une brindille, mais tu es sacrément lourde.

Pam fit un clin d'œil, puis offrit son coude.

— As-tu besoin d'un coup de main supplémentaire ? Je suis là pour toi.

— Je vais bien. Vraiment. J'ai juste besoin de quelques heures de flottement. Liard Hot Springs est un petit coin de paradis sur Terre.

Elles marchaient dans un silence agréable sur les planches usées du sentier de quatre pieds de large menant à la brousse du nord de la Colombie-Britannique ; la chaleur estivale montait autour d'elles. Le beau temps les avait suivies pendant tout le voyage depuis Vancouver. Les couleurs vert vif des nouvelles pousses dans les herbes des marais de chaque côté du chemin étaient une pause rafraîchissante pour l'âme du béton qu'était le monde de Maggie depuis trop longtemps. Des épinettes imposantes, le bleu éclatant du ciel de juin, un air pur et frais, tout cela s'infiltra dans son sang comme un tonique. Un nœud étroitement serré dans son ventre se desserra, et pour la première fois en près d'une décennie, elle ne résista pas.

Son loup s'agita.

Oh, mon Dieu, c'était incroyable. Maggie s'arrêta au milieu de la course et ferma les yeux pour laisser la sensation l'envahir. L'entourer. Comme si une barrière glaciale avait ouvert une fissure, des frissons parcoururent ses membres. Électrique. Délicieux.

— Merde, tu as une crise ?

Pam lui serra le bras et la secoua doucement. Maggie lutta pour ne pas montrer les dents. Cela ne ferait-il pas peur à l'humaine d'apprendre qu'il y avait des secrets que même les meilleures amies ne partageaient pas ?

Elles étaient proches des abris pour se changer, des carrés de bois rustiques construits en bois brut de coupe. Des bruits d'éclaboussures arrivèrent aux oreilles de Maggie alors qu'elle combattait le désir dans ses membres.

— Je suis juste fatiguée. Laisse-moi entrer dans l'eau.

— Putain ça. Tu t'es... noyée. Juste... attention... bon sang !

La voix de Pam s'estompa. Ce fut une chose des plus déroutante. Les lèvres de son amie continuèrent à bouger, mais les mots disparurent. Il ne restait plus que ce bourdonnement fort, comme un essaim de taons. Maggie essaya de ne pas rire de l'expression amusante sur le visage de Pam alors qu'elle agitait frénétiquement les bras et battait des mains vers quelqu'un qui courait vers le coin de la terrasse entourant les sources chaudes.

Quelqu'un ? Maggie regarda plus attentivement à travers le brouillard qui flottait devant ses yeux. Ce n'était pas une personne, c'était un mur en marche. Waouh, l'homme était énorme. Dégoulinants d'humidité de la tête aux pieds, de magnifiques tatouages semblaient se tordre sur son torse alors qu'il la toucha.

Hum... il sentait bon.

Force.

Sécurité.

Le contentement ébranla ses pensées chaotiques. Ses pieds ne touchèrent plus terre, le monde rebondit doucement. Elle ouvrit un œil pour regarder autour d'elle. Au-dessus d'elle, les arbres tourbillonnaient et un petit nuage parcourait le ciel flou. La chaleur l'entoura jusqu'au cou et elle laissa échapper un signe de béatitude. Sa tête reposait sur quelque chose de ferme, mais doux, et elle se blottit contre. Un claquement régulier résonna dans son oreille, quelque peu rassurant.

Et ce parfum ? Oh, oui. Elle inspira profondément, se remplissant les narines et appréciant la façon dont elle salivait. C'était comme s'asseoir devant un faux-filet bien cuit, avec tous ses plats d'accompagnement préférés. Le dessert le plus sucré, suivi d'une dizaine de shooters. Maggie prit une autre inspiration tranquille avant de se blottir plus près du bruit sourd.

ERIK APERÇUT les femmes alors qu'elles descendaient la promenade, l'une d'elles se balançant d'un côté à l'autre.

Il rit doucement. Il aurait un groupe de femelles légèrement ivres à surveiller pendant qu'elles se baigneraient. Les jeunes de sa meute voyageant avec lui jouaient à gauche dans la section des piscines froides des sources chaudes naturelles. Des éclaboussures, des hululements et des bruits de plaisir remplissaient l'air.

Les loups... c'étaient de tels enfants !

Il pataugea dans l'eau vers le pont. La femme à droite lui sembla familière. Petite, blonde, un air de jeunesse. Si elle avait été très enceinte, il aurait juré que c'était Missy, l'Omega de sa meute, même si elle n'était pas du genre à se saouler.

Il était sur le point de rencontrer sa raison de conduire vers le sud plus tôt que prévu. Ce devait être Maggie qui se dirigeait vers lui.

Il regarda avec une inquiétude croissante les femmes dont le mouvement vers l'avant ralentit. Ce n'était plus seulement une promenade ivre — quelque chose n'allait pas. Erik agrippa le bord de la balustrade, se demandant s'il devait offrir son aide.

— Oh, merde, aidez-moi ! À l'aide !

La brune agita ses bras, les mouvements frénétiques attirant son attention sur l'autre femme alors qu'elle vacillait. Il bondit hors de l'eau, des gouttelettes tombant de son corps trempèrent les planches usées sous ses pieds. En longues enjambées, il rejoignit la promenade juste à temps pour rattraper la blonde avant qu'elle ne s'effondre.

Là où leurs corps se touchèrent, ils enregistrèrent des chocs, comme de petites connexions électriques. Des ruissellements traversèrent ses membres et le long de sa colonne vertébrale. Fourmillements. Picotements.

Oh, bonjour, je me sens merveilleusement bien.

— Merci, elle a des vertiges et je ne voulais pas qu'elle s'effondre et se blesse.

La femme aux cheveux noirs n'arrêta pas de divaguer, mais toute l'attention d'Erik se porta sur la belle femme dans ses bras. Il retourna vers l'eau tout en la berçant encore contre lui.

— Qu'est-ce que vous faites ? Elle s'est évanouie. Elle a besoin de récupérer et...

L'amie le suivit dans la piscine, tirant sur son coude.

— ... rester au chaud. Ne vous inquiétez pas, je l'ai.

Erik n'avait aucune intention de la laisser partir. Jamais. Ce n'était probablement pas ce que cette autre femme voulait entendre. Il s'installa sur l'un des bancs immergés de la piscine naturelle et réinstalla sa compagne dans ses bras, sa tête reposant sur sa poitrine. La sensation de sa joue sur sa peau nue fit réagir tout son corps.

Sa compagne.

Incroyable. Après toutes ces années d'attente et de nostalgie, elle était tombée dans ses bras à l'improviste. Pour l'instant, savoir qu'elle existait était suffisant pour lui donner envie de crier de joie.

Sauf qu'il ne cria pas.

Une voix plutôt perçante traversa son intense concentration et il se souvint de l'amie, le fixant maintenant avec méfiance.

Il tendit sa main libre.

— Erik Costanov, d'Alaska.

La brune ignora sa main.

— Pam. Je pense que vous devriez me laisser m'occuper de mon amie, maintenant.

— Je l'ai.

— J'ai remarqué. Je préférerais que vous ne la reteniez pas. Emmenez-la dans les escaliers. J'aiderai...

— Relaxe. Je ne lui ferai pas de mal. Je vais prendre soin d'elle pour le reste de ma vie.

La pensée envoya des vagues de plaisir à travers son système. Enfin. Sa compagne.

— Vraiment, je ne suis pas à l'aise...

— Elle est à l'aise.

C'était vrai. La petite blonde se blottit plus étroitement dans ses bras, et le cœur d'Erik se gonfla. Hmm. Cela allait être merveilleux. Sauf pour le petit évanouissement. Ils devraient découvrir ce qui le causait et...

Un jet d'eau le frappa au visage.

— Hé, mon pote. Merci d'avoir empêché Maggie de tomber sur le pont, mais je vais prendre le relais, maintenant. Compris ?

Pam tira sur son bras, éclaboussant de petites vagues partout.

Erik prit une profonde inspiration. Maggie. Il avait eu raison. Il rit de l'ironie. Tout ce temps à attendre, et sa compagne était la sœur de son Omega. Pourquoi ne l'avait-il pas su ?

— Écoutez, monsieur, je ne sais pas ce que vous pensez être si drôle...

Un doux gémissement de Maggie.

— Pam, peux-tu arrêter de crier une seconde ? Tu me tues là.

Oh putain, même sa voix faisait chanter son corps ! Elle se trémoussa et il la berça contre lui, gardant sa tête hors de l'eau.

Pam se pencha et la regarda dans les yeux.

— Magie ? Tu m'entends ?

— Est-ce que tu plaisantes ? Ils t'ont entendu à Vancouver. Arrête de crier, j'ai déjà assez mal à la tête. Si tu veux être utile, j'ai soif.

— Il y a une bouteille d'eau dans mon sac à dos. Passe-la-moi et va le chercher, demanda Pam, lui lançant un œil furibond.

Fille autoritaire. Erik sourit. C'était bon de savoir que sa compagne avait une amie qui voulait la protéger, même s'il lui fournissait déjà toute la protection nécessaire.

Les adolescents qui voyageaient avec lui s'étaient rapprochés, curieux de voir ce qui se passait.

— Cody, prends de l'eau pour nos amies, ordonna-t-il.

Le garçon hocha la tête et courut vers leur glacière sur le pont.

Maggie s'agita à nouveau et Erik savoura son poids sur ses genoux. Le frôlement de sa peau augmenta son plaisir. La douce odeur de son parfum naturel l'emplit du besoin urgent de la goûter.

Cody lui remit une bouteille d'eau, et elle en but la plus grande partie.

Pam le regarda comme un chaperon trop enthousiaste,

son regard dansant autour de la piscine. Elle sembla s'inquiéter du fait qu'il y avait maintenant quatre hommes étranges qui se pressaient d'elle et Maggie, et Erik fit signe aux garçons de s'éloigner.

— Je me suis évanouie ?

Maggie parlait doucement et lentement, ses mots à peine audibles.

— Tu ne l'étais pas totalement, mais tu n'étais pas non plus cohérente. As-tu besoin de tes pilules ? demanda Pam.

Maggie s'appuya contre sa poitrine, la tête légèrement tournée pour que la chaleur de son souffle l'effleurât.

— Pas de pilules. C'est céleste. Je n'ai pas été aussi détendue depuis des mois.

Erik sourit. Elle le connaissait aussi. Son corps sentait déjà qu'ils étaient censés être ensemble.

L'amie la fixa plus durement, ses yeux se plissant de suspicion, comme si Erik prenait Maggie pour sa marionnette.

— Hum, Mag ? Si tu es d'accord, tu veux venir t'asseoir ici avec moi ?

— Non. Confortable ici.

Ses mots étaient mâchés.

Erik jeta un coup d'œil par-dessus sa tête pour voir que ses yeux étaient fermés. De longs cils noirs s'allongeaient sur sa peau d'un blanc laiteux. Il admira le contraste avec sa couleur plus foncée où son bras reposait sur ses biceps. Elle se drapa sur lui sans honte, frottant accidentellement ses hanches contre son aine, et son sexe se réveilla.

Oh, oui. Atteindre la partie intime de leur relation serait bien.

Elle bougea paresseusement, levant les bras pour s'étirer. Ses doigts manquèrent d'effleurer sa joue de quelques centimètres, et il s'abstint de se pencher plus près pour la laisser le caresser. Son parfum merveilleux s'attarda dans l'air et il l'inspira profondément. *Hmm.* Tous ces jours à regarder sa paire Alpha prendre soin l'un de l'autre amenèrent son anticipation au sommet. C'est donc ce que cela faisait de trouver la partie manquante de votre âme.

Maggie fit claquer ses lèvres.

— Y a-t-il un snack-bar ici ?

— Tu as faim ?

Pam se rapprocha.

— Non. J'essaie juste de comprendre quelle est cette odeur fabuleuse. Pourquoi criais-tu ?

Pam montra l'épaule de Maggie et renifla.

— Il est têtu, et j'aimerais vraiment que tu arrêtes de t'asseoir sur lui.

Le battement régulier du cœur de son compagnon s'accéléra. Elle tendit la main sous l'eau et ses doigts glissèrent sur sa cuisse, envoyant un autre frisson le long de ses nerfs. *Oh oui*, la connexion bascula entre eux.

— Pam ? Où suis-je ?

Maggie se tourna au ralenti pour le regarder, le bleu profond de ses yeux brillant de reconnaissance pendant un instant avant qu'elle n'ouvre la bouche.

Et pousse un cri.

Maggie quitta ses genoux si vite qu'elle glissa, ses pieds agrippant les rochers au fond de la piscine extérieure. La masse imposante de l'homme devant elle la rattrapa facilement avant que sa tête ne plonge.

— Vas-y doucement, Maggie. Tu es en sécurité.

Il la reposa sur ses pieds et recula. Le sourire éclatant dans ses yeux et sur son visage fit se tordre en elle quelque chose et bondir de joie en même temps. Son loup combattait pour se libérer, et son estomac se serra en réaction.

C'était un loup-garou. Elle le reconnut d'après les photos que Missy avait envoyées en ligne au cours des deux dernières années. Il était le putain de bêta de la meute de sa sœur et il était ici dans la piscine de Liard Hot Springs et son loup le convoitait.

Super. Sautons dedans à pieds joints, voulez-vous ? Après avoir évité tout ce qui concerne les loups pendant des années, le premier qu'elle rencontra dut tourner la manivelle. Un mouvement à ses côtés attira son attention alors qu'un groupe de jeunes hommes s'approchait.

— Erik ? C'est Maggie ?

— Bien sûr que c'est elle. Elle ressemble à sa sœur. Salut, Maggie, bienvenue dans le Nord.

Les trois jeunes continuèrent d'avancer, parlant tous à la fois. Maggie s'éloigna rapidement, heurtant Pam. Oh, mon Dieu, il y avait quatre loups devant elle. La panique monta et elle la repoussa. Elle devait surmonter ses peurs.

— Connaissez-vous ces gens ?

Pam enroula un bras protecteur autour de ses épaules.

Erik hocha la tête.

— Nous sommes des amis de sa sœur. Nous devions vous rencontrer à Whitehorse.

Pam regarda autour d'elle avec insistance.

L'un des garçons prit la parole.

— Nous avons supplié Erik de nous amener aux sources chaudes. Cela fait un moment, et avec les Jeux qui commencent bientôt, auxquels nous ne pouvons pas encore participer, il...

— Jeux ?

Erik intervint, son regard fixé sur Maggie.

— Nous devions nous rencontrer demain. C'est une chance que nous soyons ici en même temps. Tu vas bien, Maggie ? Avez-vous besoin de moi pour quoi que ce soit ?

La chaleur dans ses yeux lui fit savoir que son offre était sujette à interprétation.

Déshabille-toi et laisse-moi te monter. Maggie rougit, et ce n'était pas à cause de l'eau chaude. Cela lui arrivait-il vraiment ? Elle secoua la tête et remarqua finalement qu'elle portait toujours son short et son T-shirt par-dessus son maillot de bain.

— Laissez-moi me changer, et ensuite nous pourrons parler.

Pam lui tint le coude et ensemble, elles sortirent péniblement de la piscine jusqu'au vestiaire, une traînée d'eau derrière elles. Maggie ricana en regardant son amie.

— Désolée de t'avoir obligée à nager avec tous tes vêtements.

Pam fit un geste de la main.

— Oublie. Tu te sens mieux ?

— Oui. Je pense que je vais bien, maintenant.

— Bon.

Pam retira son chemisier et l'essora. Elle jeta un coup d'œil par la porte de l'abri pour se changer et se faufila pour chuchoter.

— Est-ce que ces gars sont sûrs ? Les connais-tu vraiment ?

Maggie s'assit sur le banc avec ses chaussures mouillées.

— Je les connais. Je ne les ai jamais rencontrés, mais ma sœur a dit que quelqu'un viendrait m'escorter de White-horse à Haines. Elle ne voulait pas que je conduise seule après que je t'ai déposée à l'aéroport.

— Elle n'a pas pu venir ? Au moins, tu saurais qu'ils sont ce qu'ils prétendent ?

Maggie renifla.

— D'après ce que j'ai entendu, Missy ne rentre pas faci-lement dans une voiture en ce moment. Les jumeaux qui arrivent bientôt lui rendent la vie difficile et je ne m'attends certainement pas à ce qu'une femme enceinte s'assoie pendant un voyage de quatre heures juste pour que je me sente mieux. Ne t'inquiète pas, je connais Erik. Il travaille avec la famille de mon beau-frère. C'est un guide de la nature.

— C'est un tank.

Un éclat de rire lui échappa.

— Il est plutôt grand, n'est-ce pas ? Plutôt... délicieux, aussi.

Pam haussa les sourcils.

— Vraiment ? Merde, Mag, je ne t'ai pas vu exprimer de l'intérêt pour un de mâle pour...

Elle s'arrêta et fronça les sourcils.

— Est-ce que je t'ai déjà vu exprimer de l'intérêt pour un gars ?

Maggie la frappa.

— Arrête.

— Si c'est quelqu'un en qui tu as confiance, très bien. Je pense seulement que c'est bizarre que de tous les endroits où vous auriez pu vous rencontrer, ce soit ici dans le désert. Je pensais que le Nord était cette vaste terre, avec des créatures sauvages en liberté partout. Pas un club Med.

Elles sortirent du refuge, et Maggie inspira profondément pendant que les trois jeunes hommes faisaient des plongeons dans la piscine inférieure, se pourchassant comme des chiots.

— Oh, je pense qu'il y a plein d'animaux sauvages dans le coin, si tu sais où chercher.

Erik regarda avec contentement les jeunes attirer Pam dans une autre section de la piscine pour jouer à un jeu, le laissant seul avec Maggie pour la première fois. Elle s'assit sur l'étroit pourtour d'herbe au bord de la piscine, les pieds dans l'eau. L'épais sous-bois de la nature sauvage derrière elle encadrait son doux corps. Elle agrippa la surface moussue avec ses doigts, la tête détournée, mais il savait qu'elle le regardait.

Il se tenait de là où il s'était assis, jusqu'au cou dans la partie la plus chaude de la piscine. Il se rapprocha à pas lents et réguliers jusqu'à ce qu'il appuie ses coudes sur l'herbe. Il inspira profondément et remarqua qu'elle faisait de même, une pulsation palpitante s'animant à la jonction de son cou et de son épaule. Tournant la tête, il l'admira ouvertement, incapable de détourner le regard. Elle portait un bikini bleu brillant qui correspondait à ses yeux, comme si un peu du ciel d'été était tombé sur Terre. Ses courbes, ses creux et ses endroits arrondis l'appelaient tous, et il déglutit difficilement.

Sa tête se leva et leurs regards se croisèrent. Une trace de peur brillait dans les profondeurs et son loup le poussa dans ses retranchements, insistant pour qu'il prenne soin d'elle.

— Est-ce que je te fais peur ?

Elle lécha ses lèvres, les laissant humides et douces. Il avait tant envie de se pencher pour la goûter.

— Je suis très attirée par toi, et ça me fait peur.

L'air autour d'eux s'emplissait des faibles bruits de la source et des rires des autres au loin. La lumière du soleil brillait sur eux et elle tourna son visage vers sa chaleur. Il attendit. La patience était quelque chose dont il disposait plus que suffisamment. Il lui fallut quelques minutes avant qu'elle ne se redresse. L'audace avec laquelle elle se tourna pour lui faire face le rendit fier. Sa compagne n'était pas une mauviette. Il s'attendrait à ce qu'elle soit aussi forte que lui.

— Je ne sais pas ce que ma sœur t'a dit, mais j'évite les loups depuis longtemps. Je sais que je dois réagir autrement. C'est devenu une habitude pour moi de m'écarter de la meute. Je dois combattre mon premier instinct. Il va me falloir du temps pour ne pas paniquer quand je vois un loup-garou. Je suis désolée d'avoir crié quand je t'ai vu. Tu ne méritais pas ça.

Elle n'était pas seulement forte, elle était empathique et attentionnée. Erik laissa le plaisir de sa présence le submerger.

— Crois-moi, tu n'es pas la première personne à crier en me voyant. Je suis un peu plus grand que la plupart des gens. Cela peut être intimidant. Je ne le prends pas personnellement.

Maggie sourit.

— C'est bien de ta part.

Ils se regardèrent.

— Serais-tu à l'aise si je te touchais ? murmura-t-elle en le regardant droit dans les yeux.

À l'aise ? Il en mourait d'envie.

— J'adorerais ça.

Elle baissa à nouveau le regard.

— Je n'ai pas côtoyé beaucoup de loups récemment. J'ai peur de ce que je ressens. Je pense que je sais ce que c'est, mais j'ai peur...

Oh, pitié !

— Je prendrai soin de toi.

Il fit un pas de côté, toujours debout dans l'eau jusqu'à la taille. Avec une main sur l'herbe de chaque côté de ses hanches, il l'enserra dans ses bras. Ils se tournèrent tous les deux vers les autres pour s'assurer qu'ils n'étaient pas surveillés. Puis, comme des conspirateurs, ils se penchèrent l'un vers l'autre et leurs lèvres se joignirent.

Air doux d'été. C'était la sensation du vent à travers sa fourrure lors d'une course au clair de lune. Tous les moments les plus précieux de sa vie s'estompaient pendant qu'il la goûtait. C'était le moment qu'il avait attendu toute sa vie. Elle le rencontra, la bouche légèrement ouverte, son souffle se mêlant au sien avant même que leurs langues ne se touchent. Il se força à garder ses mains en place, mais elle n'avait aucun scrupule. Alors qu'ils s'embrassaient, lentement et facilement, apprenant la saveur de l'autre, elle lui caressa les épaules, frottant ses paumes sur sa coupe en brosse. Lissant ses longs doigts le long de sa poitrine. Sa peau frissonna d'anticipation : quel serait l'endroit où il la toucherait ensuite ? Des touches légères et fugaces qui faisaient bouillir son sang.

Il se concentra pour apprécier son parfum, l'attirant dans son être même. Mordillements de sa lèvre inférieure, légers baisers sur sa joue. Il lécha doucement le pouls battant de sa gorge. Ses gencives le démangeaient du désir de mordre, de la marquer définitivement comme sienne. Pas encore. Pas maintenant qu'elle avait avoué ses peurs. Pourtant, son loup exigea qu'il prenne des mesures. La bête à l'intérieur devint aussi sauvage qu'il ne l'avait jamais ressentie, poussant Erik à réclamer sa compagne. Au lieu de mordre, il tétait, aspirant la peau douce de son cou dans sa bouche jusqu'à ce que le sang revienne tacher la surface crémeuse. Le gémissement de désir s'échappant de ses lèvres faillit le faire changer d'avis et l'emmener là sur le talus.

Oh, putain, il la voulait. Toute à lui. Maintenant.

Il lui fallut de la concentration pour s'éloigner, pour observer ses respirations haletantes se calmer lentement, son corps en redemandant. Son regard tomba sur le cercle rose qui marquait sa gorge et son loup grommela de ravissement. Sa compagne. Il s'arrêta.

— Ton amie est entièrement humaine, n'est-ce pas ?

Maggie passa ses mains sur ses épaules encore et encore, ses doigts s'accrochant à lui. Elle jeta un coup d'œil à l'endroit où Pam jouait toujours avec les garçons.

— Je ne peux pas lui expliquer pourquoi j'ai laissé un parfait inconnu me faire un suçon. Elle va penser que je suis devenue folle.

Elle renifla.

— Peut-être que je le suis. Oh, Seigneur, je ne m'attendais pas à ce que cela se produise !

Erik la souleva du bord et la plongea dans l'eau. Il avait envie de la ramener sur ses genoux et de la toucher de plus en plus intimement. Si cela avait été une situation normale, ils feraient déjà l'amour. C'était comme ça avec les partenaires. Parfois, il fallait toute une vie pour trouver la personne spéciale qui vous complétait à tous les niveaux : physique, mental et émotionnel. Une fois que vous la trouviez, il n'y avait plus aucune hésitation. Aucune récrimination pour avoir réuni ce qui était censé l'être.

Attendre allait lui coûter.

Il s'assit sur l'un des bancs sous-marins en face d'elle.

— Nous n'avons pas à lui dire. Elle rentre à Vancouver dans quelques jours, n'est-ce pas ?

Maggie hocha la tête.

— Nous attendrons. Bien que je veuille te ramener dans ma tente et faire l'amour avec toi tout de suite, nous pouvons attendre pour le bien de ton amie.

Un frisson secoua brièvement Maggie et elle le fixa, une trace de peur dans ses yeux. Son loup hurla et voulut la réconforter.

— Qu'est-ce qui ne va pas ?

— Je ne veux pas de partenaire.

Connerie.

— Dommage. Tu en as un.

Sa mâchoire tomba et elle le regarda bouche bée.

— Tu ne peux pas dire quelque chose comme ça et t'attendre à ce que je sois d'accord avec. Je te dis que je ne veux pas de partenaire. Je suis toujours paniquée à l'idée d'essayer de vivre dans les limites d'une meute. Pourquoi voudrais-je aussi avoir à gérer un compagnon ?

Cela n'avait aucun sens.

— Un compagnon n'est pas à gérer, un compagnon est à aimer.

Il eut la vision soudaine d'eux deux, intimement enchevêtrés, et dut s'enfoncer dans l'eau pour s'ajuster avant que son sexe n'explose. Son regard suivit ses mains et elle rougit fortement.

— Je sais que ce n'est pas juste. Je suis désolée, je le suis vraiment, mais même si mon corps est intéressé, nous ne pouvons pas faire ça. Je te le dis tout de suite pour que tu sois prêt. Même après le départ de Pam, je ne coucherai pas avec toi. Je ne suis pas prête à être la compagne de qui que ce soit tant que je n'ai pas réglé certains problèmes.

— Est-ce que tu me dis ça parce que tu penses que si tu le dis, tu pourras résister à vouloir être avec moi ? Maggie, nous sommes des loups-garous et nous sommes partenaires. Il y a une réaction chimique entre nous, oui, mais ce n'est pas que physique. Devenir partenaires est dans notre meilleur intérêt.

— Meilleur intérêt ? De quoi parles-tu ?

— Ces problèmes que tu as mentionnés, laisse-moi t'aider. C'est mon travail. En tant que partenaires, nous sommes bien meilleurs en couple. J'ai besoin de toi, tu as besoin de moi.

— Ah, tu es tellement frustrant.

— Je suis ton compagnon.

Les cris et les rires des autres devinrent plus forts à mesure qu'ils se rapprochaient. Cette conversation devait être suspendue. Erik leva un sourcil vers elle.

— Nous devrons accepter de ne pas être d'accord pour le moment. Retournons au camping. Nous vous suivrons à Whitehorse dans la matinée. Keil m'a donné l'ordre de vous garder à l'œil à tout moment pendant que nous y sommes.

Il se leva et lui tendit la main. Elle la prit à contrecœur et il lui serra les doigts.

— Ça va aller, Maggie, vraiment.

Elle secoua la tête.

— Tu ne comprends pas.

Ils pataugèrent jusqu'aux escaliers et il l'emmena hors de la piscine.

— Peut-être pas, mais ça ne veut pas dire que je m'en fiche.

L'espoir brillant dans ses yeux calma ses craintes. Il y avait évidemment quelque chose de grand qu'elle ne partageait pas encore, mais ils s'en occuperaient. Ensemble.

— Qu'est-il arrivé à ton cou ? s'exclama Pam.

Elle et les garçons se pressaient autour d'eux.

Maggie se figea. Erik intervint en douceur.

— Piqûre d'insecte.

L'un des garçons renifla. Erik lui donna un coup de coude dans les côtes pendant que Pam fouillait dans son sac et en sortit un pot de crème. Elle en tamponna un peu sur la marque.

— Ça a dû en être un sacré gros.

Maggie lui lança un regard noir et il sourit, se détournant pour se diriger vers le vestiaire.

— Le plus gros du coin.

3

———

— J'ai changé d'avis sur le fait de rentrer à la maison. J'annule mon vol, Maggie. Je ne te laisse pas partir dans la nature sauvage de l'Alaska avec ce groupe de marginaux.

Pam croisa les bras devant elle.

Maggie soupira. Pas encore. Pendant les sept heures de route entre Liard et Whitehorse, Maggie avait eu du mal à répondre aux questions interminables et indiscrètes de son amie.

Pendant leurs quelques jours de visites à Whitehorse avant le vol de retour de Pam, Erik les suivit partout, ce qui n'aida pas. Il fit de son mieux pour leur donner un peu d'espace, mais refusa toujours de la laisser seule.

— Je ne vais pas dans la nature avec eux. Je vais me faire conduire à Haines pour rejoindre ma famille.

— Oui, en effet. La famille dont tu as tellement été ravie. Cela fait des années depuis l'accident de tes parents. Je pensais que ta sœur était embrigadée dans une sorte de secte, à un moment donné. Tu n'as jamais voulu rien avoir à faire avec ses amis quand nous étions à l'université. Il y a eu une fois où tu t'es même cachée d'eux. Ne t'en souviens-tu pas ?

À ce souvenir, un frisson parcourut sa peau. Elle aurait aimé pouvoir oublier.

— Bien sûr que je m'en souviens, mais les choses ont changé.

— C'est ça, oui !

Maggie hésita. Comment était-elle censée convaincre Pam quand elle n'était pas sûre d'elle-même ?

Une meute de loups devait être l'endroit le plus sûr au monde. Un endroit à chérir et dont il fallait prendre soin, pas un piège infernal. Cela n'avait pas été l'expérience de sa sœur ni la sienne. En réaction, elle rejetait la meute de sa jeunesse, et parvenait à rejeter l'idée même d'être un loup pendant une longue période de sa vie. Elle n'en pouvait plus. Son corps ne la laisserait pas faire.

Mais son cœur et son esprit étaient terrifiés à l'idée de passer à l'étape suivante.

Elle s'assit dans l'une des chaises en plastique rigide de la zone d'attente de l'aéroport.

— Pam, je sais que cela semble étrange, mais tu dois me faire confiance là-dessus. Ma sœur et moi sommes toujours restées en contact, et je l'aime beaucoup. De plus, elle est mariée à un gars merveilleux.

Pam fit la moue.

— Je ne comprends pas pourquoi, après tout ce temps, tu décides de retourner au Yukon. Je pensais qu'on allait continuer à cohabiter. Je suis déçue.

Elle s'accroupit à côté de Maggie.

— Je m'inquiète pour ta santé. Tu n'as jamais abandonné ce mono. Et si tu subissais une autre attaque pendant que tu es sur la route ?

— C'est en partie la raison pour laquelle je ne conduirai pas.

Elle attrapa les mains de Pam.

— Ça ira. Vraiment. Je suis tellement contente que nous ayons pu passer ce temps ensemble. Tu t'énerves quand il s'agit de chanter lors de voyages sur la route.

Pam renifla et elles se sourirent.

— Tu veux dire que je chante comme une casserole.

Soudain, Maggie fut enveloppée dans une énorme étreinte qui lui coupa la respiration. Pam la lâcha pour lui secouer un doigt devant le visage.

— Je veux des e-mails réguliers. Préviens-moi quand tu seras installée, et si je n'ai pas souvent de tes nouvelles, je reviens avec une arme.

Maggie rit.

— Je m'attends à ce que tu me rendes visite à Haines quand tu le pourras. Tu as été une amie formidable, et tu vas me manquer.

Un dernier câlin final, et Pam rejoignit la courte file qui serpentait à travers le point de contrôle de sécurité.

Maggie le sentit à ses côtés avant de le voir. Même si cela lui faisait un peu peur d'avoir Erik au-dessus d'elle, c'était aussi très bien. Les deux jours où elle avait fait du shopping et visité le théâtre et les musées avec Pam, sa présence en arrière-plan l'avait rassurée, l'avait fait se sentir en sécurité. Pas étonnant que Pam ait pensé qu'elle était folle d'aller n'importe où avec lui — il était comme un harceleur obsédé aux yeux de son amie.

Pam se retourna pour faire ses adieux. Elle jeta un sale regard à Erik et tint ses doigts comme un téléphone, pointant Maggie et disant — appelle-moi.

Maggie lui manquerait, mais traiter avec la meute pour

la première fois depuis des années avec un humain dans les parages ? Ce n'était pas une bonne idée.

— C'est une gentille fille.

Le timbre grave de sa voix la frappa au plus bas dans les tripes.

— Tu vas bien ?

Elle acquiesça. Les couches protectrices familières qu'elle avait construites autour d'elle pendant des années se déliaient. Désormais, elle se dirigeait sur un territoire dangereux. Était-il possible de se sentir à nouveau à l'aise avec un énorme groupe de loups ? Se sentirait-elle un jour en sécurité ?

— J'ai laissé les garçons jouer au Centre des Jeux du Canada pendant un certain temps. J'aimerais sortir ma compagne pour le déjeuner.

Il passa un bras autour d'elle, la tirant à ses côtés.

Un frisson la traversa à ces mots. Sa prétention — elle ne pouvait pas le nier. Son loup caracolait à l'idée d'aller n'importe où avec lui. Surtout dans un endroit privé où ils pourraient retirer quelques vêtements et devenir intimes.

Elle secoua la tête pour se libérer des images qui la narguaient. Elle ne pouvait pas. Ils ne devraient pas. Pas encore.

— Je t'ai dit que nous attendions. C'est ce que je voulais dire.

Il se tourna pour lui faire face, leurs corps se rapprochant.

— Tu penses que c'est trop dangereux de partager le déjeuner avec moi ?

La chaleur s'échappait de sa peau, et elle dut regarder en l'air pour la voir dans ses yeux. Elle avait l'eau à la bouche, ses hormones passaient à la vitesse supérieure.

Bâtard. Il savait à quel point son contact l'affectait.

— Tu es un royal emmerdeur.

— Pas encore.

Il lui caressa intimement la hanche, prenant brièvement sa fesse dans une paume. Il lui fit un clin d'œil, puis appuya sa large main sur le bas de son dos pour diriger ses pas vers le parking.

La chaleur lui traversa le cœur, et son loup s'assit et la supplia. Maggie se libéra de son contact en accélérant le tempo. Bien sûr, comme ses jambes étaient beaucoup plus courtes, elle devait presque courir pour le devancer.

Deux rangées plus loin dans le parking, elle fit volte-face et laissa ses mains sur ses hanches. Elle avait besoin de se concentrer avant de se diriger vers Haines.

— Regarde. Je sais que tu as des ordres directs de ton chef Pooh-Bah, mais j'aimerais avoir du temps pour moi. Personne ne va m'aborder dans les rues de Whitehorse. Je suis parfaitement en sécurité. J'habitais ici. Je veux juste qu'on me laisse seule et…

Doux Jésus, pouvait-elle rester en colère contre lui alors que chaque fois qu'elle lui faisait un enfer, il ne faisait que sourire ? Ce n'était pas n'importe quel sourire. C'était le genre de sourire tu-veux-ramper-jusqu'au-lit-avec-moi-maintenant. L'expression avait beaucoup d'impact, et avec ses traits magnifiques et ses yeux sombres et brillants.

Devait-il sentir si bon ?

— Tu ne peux pas marcher seule à Whitehorse. Je ne sais pas si tu as remarqué ces derniers jours, mais il y a beaucoup plus de loups qui vivent ici qu'à Vancouver. Non seulement tu es membre d'une meute rivale, mais tu t'apparentes également à quelques-uns des loups les plus puissants du Nord. Keil pensait que tu étais célibataire. Il ne voulait pas que des chiots essaient de profiter de toi.

— Je suis célibataire.

Il grogna doucement, et ses abdominaux se contractèrent. *Oh merde*, elle avait énervé son loup. Des doigts glacés de terreur couraient le long de sa colonne vertébrale et son cœur battait la chamade. Elle voulait se mettre à genoux et découvrir sa gorge en signe de soumission. Une autre partie voulait s'enfuir, fuir sa colère.

Elle gardait les yeux ouverts dans l'espoir de pouvoir l'esquiver s'il la frappait. Avec son avantage en taille, il la dominait et elle se sentait dépassée.

Il lui souleva le menton d'un seul doigt et parla fermement.

— Tu. As. Un. Partenaire.

Son loup rampa plus près de la surface. Elle en eut des crampes au ventre.

— Merde, qu'est-ce que c'est que ça… ?

Maggie se retrouva sur les genoux d'Erik, qui s'accroupit sur ses talons, le dos contre une voiture de location. Le monde tournoya et elle se précipita vers le flacon de pilules dans sa poche. Il le lui prit, en secoua quelques-unes et les lui remis. De quelque part, il sortit une bouteille d'eau et elle en avala le contenu goulûment.

Elle continua à esquiver son regard. Entre ses peurs et son besoin croissant de lui, elle était perdue.

Il ne fallut pas longtemps pour que la douleur s'atténue. Quand elle ouvrit les yeux, c'était pour fixer son visage inquiet.

— Je suis vraiment désolé. Je ne voulais pas t'effrayer.

Il prit son visage dans sa grande paume, l'examinant attentivement.

Tout ce qu'elle sentait, c'était son inquiétude et son désir. Elle ignora ses nerfs en pelote et se força à se calmer. Il n'était que digne de confiance et il méritait d'être traité avec respect.

— Tu veux me dire ce qui ne va pas ? encouragea-t-il.

Maggie se mordit la lèvre.

— Déséquilibre chimique.

Pour l'instant, c'était tout ce qu'elle voulait admettre.

— Tu es un loup. Change, et tu guériras.

Elle quitta ses genoux et vacilla pendant une seconde avant que son bras puissant ne la soutienne. C'était un sujet dont elle n'était nullement prête à discuter.

— J'ai faim. Pouvons-nous déjeuner ?

Erik la dévisagea.

— Bien essayé, le changement de sujet. Pourquoi te bats-tu si fort ? Tu as besoin...

— J'ai besoin de déjeuner. Quelque chose de cru. Est-ce possible ici, à Whitehorse ?

Il sourit.

— Je connais l'endroit idéal.

— Un plateau combo pour quatre, s'il vous plaît.

Maggie lui donna un coup de coude.

— Quatre ?

Erik soupira. Elle devait avoir très faim, peut-être que cela faisait partie de son problème. Les femmes stupides suivaient toujours des régimes alors qu'elles n'en avaient pas besoin.

— Désolé, faites-le pour six. Tout cru, plus de wasabi sur le côté, et oubliez le gingembre mariné.

Ils choisirent des places au bout du long comptoir et il tint son tabouret à haut dossier pendant qu'elle s'assoyait, toujours en gloussant.

— T'es bête. Euh... Ce n'est pas ce que je voulais dire.

— Quoi ?

Il saisit sa main dans la sienne et la tint. Elle pouvait vouloir y aller doucement, mais il n'y avait pas moyen qu'il la laisse ignorer le fait qu'ils devaient être ensemble. Il voulait la toucher, histoire de se tourmenter.

Une rougeur couvrit ses joues et elle tira légèrement, testant sa prise, avant de se détendre et de serrer ses doigts.

— Je suis désolé. Je ne te facilite pas les choses.

Son sourire s'effaça et il se dépêcha de la rassurer.

— Crois-moi, j'ai vu des couples en action assez souvent pour savoir que leurs relations ne sont pas toujours faciles. Je suis prêt à tout ce que tu m'enverras.

Il effleura sa joue des doigts de sa main libre.

— Je suis tout à toi.

Le bavardage léger des touristes continuait autour d'eux, les odeurs des gens remplissaient l'air, mais tout ce qu'il remarqua, c'était elle. Des yeux bleus, brillants, le fixaient. La légère odeur de son parfum, l'odeur plus forte de son loup, à la fois remplit ses narines et embruma son esprit.

Son estomac gargouilla et rompit la connexion intense entre eux. L'inquiétude pour sa santé le tenaillait. Il y avait quelque chose qui n'allait pas avec sa compagne, et il avait du mal à comprendre. Il voulait arranger les choses et la soigner.

Il avait besoin de plus de détails.

— Tu veux me dire à quoi servent les pilules ?

Elle fronça le nez. Pendant une seconde, il pensa qu'elle pourrait essayer de mentir, mais elle soupira.

— J'ai une sorte de déséquilibre chimique et j'ai découvert par hasard que les pilules aident à modifier suffisamment le pH de mon sang pour me ramener à des niveaux normaux pendant un certain temps.

— Je ne vois toujours pas pourquoi ton loup ne te guérit pas. Missy est-elle au courant ?

Au cours des deux dernières années, Missy avait souvent partagé son inquiétude, et le fait que Maggie avait besoin de revenir avec sa famille dès que possible. Il y aurait plus de temps pour parler de la situation lorsqu'ils seraient en sécurité sur le territoire de la meute.

— J'espère qu'elle fera ce qu'elle peut pour t'aider. Tu me dis si je peux faire quelque chose, d'accord ?

Erik l'embrassa légèrement sur la joue, profitant de l'occasion pour aspirer une profonde goulée de son parfum.

L'enfer. C'était l'enfer.

La zone devint plus encombrée. Leur plateau de nourriture arriva, le distrayant pendant une seconde. Maggie arrêta de bavarder, se refermant sur elle-même. Erik jeta un coup d'œil autour de lui pour voir que d'autres loups les rejoignaient et s'assoyaient maintenant au comptoir.

L'un d'eux se rapprocha de Maggie.

— Hé, ma douce. Nouvelle en ville ?

Erik haussa un sourcil. L'homme était-il un idiot ? Ou aveugle ?

Cela ne valait même pas la peine de faire du tapage. Sans un mot, il transféra Maggie de son tabouret à ses genoux. Il choisit un morceau de sushi et le porta à ses lèvres.

— Ignore-le. Tu as dit que tu avais faim. Essaie ça.

Elle lui lança un regard reconnaissant et se blottit plus près.

— Merci. Tu dois arrêter de me traîner comme si j'étais un sac de pommes de terre.

Elle accepta la friandise et sa langue caressa sa peau.

Il serra fortement la mâchoire pour s'empêcher de grogner à haute voix. C'est comme ça qu'elle voulait le jouer ? D'accord. N'importe quoi pour continuer à la toucher.

Ils étaient peut-être seuls. Les nouveaux loups partirent rapidement après avoir compris que lui et Maggie étaient ensemble, et pour la première fois depuis longtemps, Erik était content que sa taille ait été suffisante pour les intimider. Assis au bout du comptoir du restaurant, le dos au mur, Erik nourrit sa compagne morceau après morceau de délicats saumons, thons frais et autres sashimis.

Après les deux premières fois, Maggie choisit timidement une portion et la lui offrit en retour.

Il suça ses doigts dans sa bouche, les léchant un par un, son regard ne quittant jamais le sien.

Elle gémit, et il dut fermer les yeux pour se concentrer sur la tenue de son loup à distance. Tout chez cette femme l'interpellait, et elle faisait visiblement tout son possible pour le rendre fou. Elle était forte, mais avait besoin de sa protection. Intelligente, mais au cœur tendre. Il l'attira contre lui et l'embrassa brièvement, frottant leurs lèvres l'une contre l'autre. Sa main effleura sa cuisse, vers son érection montante.

Elle devait savoir qu'il la voulait.

Maggie lécha ses lèvres, puis le nourrit à nouveau.

C'était aussi érotique que ça pouvait l'être dans un lieu public. C'était une bonne chose qu'ils soient dans un lieu public, sinon il n'aurait jamais résisté. Quelques-unes des barrières qu'elle avait élevées entre eux avaient disparu.

Erik consulta sa montre. Il y avait juste assez de temps pour finir leur repas, récupérer les garçons et se mettre en route. Il choisit un autre morceau et le porta à ses lèvres.

Il allait profiter de chaque instant possible avec sa compagne.

4

À la périphérie de Haines, en Alaska, Erik emprunta une longue allée. Ils passèrent devant un grand bâtiment en rondins que Maggie supposa être la maison de conditionnement. Il y avait une réunion ce soir, à en juger par les voitures rassemblées sur trois rangs sur le parking.

Encore une minute sur la même route, et Erik s'arrêta devant un bungalow. Une vieille maison était nichée dans les arbres à côté.

Il ouvrit sa porte et l'aida à sortir, ses doigts caressant légèrement les siens pendant qu'il tint sa main un peu trop longtemps.

Pourquoi cela devait-il la picoter ?

Maggie secoua sa main et se tourna pour admirer la maison de sa sœur. C'était beaucoup plus calme et à son goût que de vivre dans un appartement commun comme le faisaient certaines meutes. Être avec un tas de loups en ce moment ? Euh... non.

Être enfermée avec Erik au cours des quatre dernières heures la rendit plus que prête pour quémander un peu d'espace. Il n'avait rien fait d'autre que lui parler tranquillement de la meute de Granite Lake et lui poser des questions polies. Après la sensualité du déjeuner qu'ils avaient partagé, tout ce qui dansait dans son cerveau était des visions d'eux nus.

Cela dura quatre très longues heures.

Une grande silhouette maigre descendit les escaliers pour les saluer. Des cheveux noirs hérissés et un sourire malicieux clignotèrent pendant une seconde avant qu'il ne l'attrape et la fasse tourner en rond.

— Bienvenue. Il est temps que tu arrives au nord pour nous rejoindre.

Tad la relâcha, lui ébouriffant les cheveux. Elle lui rendit son sourire et se tint à côté de lui, profitant du calme que sa présence jetait sur elle. C'était incroyable de voir à quel point ses compétences en tant qu'Oméga apaisaient ses nerfs énervés.

Il hulula de rire, les serrant tous les deux dans ses bras.

— Erik ! Espèce de vieux chien. Félicitations à vous deux.

Oh, merde. Un autre effet secondaire d'être un Omega : elle avait oublié qu'il sentirait tout de suite le lien potentiel entre elle et Erik.

— Tad...

— Missy va être tellement excitée de savoir que vous êtes partenaires. C'est une nouvelle fabuleuse.

— Tad...

— Erik, tu viens aussi ? Ou reviendras-tu la chercher plus tard ?

— Tad, attends.

Il s'interrompit pour écouter, la tête penchée sur le côté. La sensation d'une brise fraîche flotta hors de lui, et elle prit une profonde inspiration.

Les compétences d'Omega étaient profondes à la fois pour sa sœur et pour Tad, et elle n'avait jamais été aussi reconnaissante de sentir sa main, cette touche apaisante. Elle dut parler rapidement avant de perdre son sang-froid.

— Erik ne reste pas avec moi. Pas encore.

Tad haussa un sourcil, l'inquiétude inscrite sur son visage.

— Vraiment ?

— D'accord. C'est votre choix. Je suppose qu'on se verra plus tard.

Maggie se tourna pour faire face au géant qui se tenait à quelques centimètres à peine. Elle garda ses mains à ses côtés pour arrêter de tendre la main vers lui afin de lui supplier de rester.

— Je...

Il lui tapota légèrement le nez, son corps fort et ses traits magnifiques si tentants et rassurants à la fois. L'amour et l'inquiétude se déversaient de lui.

— Je t'ai entendue. Tout de suite, je vais te donner de l'espace. Dis bonjour à Missy de ma part, et je te verrai au dîner. Tu vas t'asseoir avec moi.

Elle croisa les bras sur sa poitrine. *Autoritaire, arrogante...*

— S'il te plaît.

Erik lui fit un clin d'œil, un signe de tête à Tad, puis traversa le pont à grands pas vers la plus grande maison de la propriété adjacente.

Maggie se sentit soudain timide, debout seule à côté d'un loup Omega — elle n'avait pas peur de lui, mais il pourrait peut-être dire exactement ce qui n'allait pas avec elle et pourquoi. La raison de sa tentative de retour dans la meute, ainsi que la raison pour laquelle elle était partie en premier lieu.

Était-elle prête à ce que n'importe qui sache tout ?

Pendant de nombreuses années, elle avait été seule, faisant face à ses peurs. Elle n'était toujours pas prête à admettre qu'elle avait besoin d'aide pour guérir son corps. Peut-être que dans quelques semaines ou quelques mois, elle pourrait parler du reste du problème. C'était assez qu'elle essaie de rejoindre une meute à titre d'essai.

Elle afficha un sourire éclatant avant de lever son regard vers le sien. L'expression de son visage lui fit baisser la face. *Mince.*

— Tu sais ce qui ne va pas chez moi, n'est-ce pas ? Et pourquoi ?

Il passa une main dans ses cheveux, regardant au loin. Lorsqu'il la regarda, la colère et l'indignation qu'elle avait vues sur son visage étaient à nouveau maîtrisées.

— C'est un truc d'Omega. Ne t'inquiète pas, je ne le dirai à personne, et je doute que Missy le remarque. Elle est un peu distraite en ce moment. Mais, Maggie, tu dois comprendre, tu es en sécurité ici. Erik est un roc. Tu peux partager n'importe quoi avec lui.

La simple déclaration de Tad et le manque de pitié dans ses yeux apaisèrent plus ses peurs que n'importe quoi d'autre.

— Merci.

— Nous ferions mieux d'entrer. Missy est un peu... sensible ces jours-ci. Je fais tout mon possible pour ne pas l'énerver.

La maison était propre et bien rangée, à l'exception de quelques jouets éparpillés. Des images lumineuses et des tissus remplissaient les chambres confortables. Maggie admira ce qu'elle vit. Là, la cuisine faisait face aux arbres, et juste à côté se trouvait une véranda aux baies vitrées. Missy était assise recroquevillée dans l'une des chaises confortables, se prélassant au soleil.

— Tu es ici !

Missy se tordit dans sa chaise, et ce que Maggie pensait être un oreiller se tordit avec elle. Elle ouvrit grand ses bras, les yeux brillants et le sourire jusqu'aux deux oreilles.

— Je ne peux pas croire que tu sois enfin là ! Viens me faire un câlin.

Maggie traversa la pièce à toute allure, manœuvrant le plus près possible, enroulant ses bras autour de sa sœur et se relaxant dans son étreinte. Les larmes qui avaient menacé plus tôt de tomber jaillirent. Elles se tenaient pour la première fois depuis une éternité.

Enfin, Missy lui tapota la tête et lui embrassa le front.

— Je suis si heureuse de te revoir.

Le gros renflement du ventre rempli dU bébé de Missy qui les séparait bougea et Maggie s'écarta avec stupéfaction.

— Oh, mon Dieu, tu es...

Oups. « Enorme » n'était probablement pas une bonne chose à dire à une femme enceinte.

— Je ne suis plus un loup, je suis une baleine échouée !

Maggie rit.

— Il n'y a jamais eu autant de toi à aimer que maintenant.

— Oh, bon, alors... Comme si je n'avais jamais entendu ça auparavant.

Elles se sourirent et les années d'écart s'évanouirent. Missy faisait partie de la famille — toute la famille qu'elle avait quittée — et Maggie avait désespérément besoin de famille en ce moment.

Elle tendit la main pour serrer encore la main de Missy.

— Merci de m'avoir permis de vous rejoindre.

— Tu vas travailler pour ta subsistance, crois-moi. Je ne peux pas bouger assez vite pour suivre Jamie. Je suis tellement contente qu'il ne puisse pas se transformer en loup avant d'être adolescent. Il est assez difficile à attraper à dix-huit mois.

— Où est-il ?

— En train de dormir, je pense. Je n'entends pas les roquettes exploser, il doit donc toujours être enfermé dans sa chambre.

Tad déposa un baiser sur le front de sa compagne avant de s'accroupir à côté d'elle.

Missy lui lança un regard noir.

— Enfin. Est-ce que tu m'as eu... ?

Il sortit une poignée de barres de chocolat aux couleurs vives.

— Chocolat noir. Plus, du chocolat à l'orange... avec des noix.

Missy le fixa, mécontente, la bouche tordue. Elle mit ses deux mains sur les côtés de sa chaise pour se soulever dans une nouvelle position.

Tad se précipita pour l'aider.

Elle lui sourit gentiment et recommença.

— Après ton départ, j'ai décidé que je voulais aussi...

— ... du saumon fumé séché. Il y a un sac sur la table. J'ai laissé le reste au réfrigérateur.

Maggie étouffa un rire.

— Missy, essaies-tu d'être difficile ?

Sa sœur fit la moue.

— C'est sa putain de faute si je suis un ballon de plage gonflé ! Encore un !

Tad fit un clin d'œil.

— Tout est de ma faute. J'avoue.

Maggie les regarda avec amusement se taquiner et se battre verbalement pendant une minute avant qu'il ne se lève pour embrasser à nouveau la joue de Missy.

— Je vais vous laisser seules, mesdames, pour faire

connaissance. Je vais emmener Jamie avec moi, mais nous reviendrons à temps pour vous accompagner jusqu'au dîner.

— Je veux des cornichons au dîner.

Maggie éclata de rire alors que Tad secouait lentement la tête.

— Tu détestes les cornichons.

— J'en veux.

— Au moins, ce ne sont pas des cornichons et de la crème glacée. Ce serait trop cliché.

— Ta faute, répéta Missy.

Il lui fit un bisou.

— Je crois me souvenir que tu étais là aussi.

Il esquiva l'oreiller qu'elle lança et partit.

Le soleil qui brillait à l'intérieur faisait de la pièce un havre de paix chaleureux. À côté de la fenêtre ouverte, la salle d'eau laissait entendre un son apaisant et rassurant. Missy s'ajusta, étirant ses jambes devant elle.

Maggie regarda avec étonnement le ballon rond de sa sœur.

— Tu es vraiment un ballon de plage.

— Tais-toi. Attends de rencontrer ton partenaire et de tomber enceinte. Tu n'es pas beaucoup plus grande que moi. Il n'y a nulle part où aller pour le bébé, mais cette fois avec deux d'entre eux...

— Sainte mère de Dieu, tu as rencontré ton partenaire. Pas vrai ?

Maggie s'adossa à sa chaise et croisa les bras.

— Quelqu'un t'a-t-il déjà dit qu'il était sacrément difficile d'avoir une conversation avec toi quand tu sembles tout savoir, sur tout le monde, avant de te le dire ? C'était déjà assez dur quand nous étions jeunes, mais depuis que tu as accepté que tu es une Omega, c'est devenu ridicule.

— C'est pire que tu le penses. Tad étant aussi un Omega, nous avons parfois des conversations vraiment bizarres. Arrête tes cachotteries. Qui est-ce ?

Maggie regarda par la fenêtre.

— Je ne suis pas prête pour avoir un partenaire.

— Qui est-ce ?

Missy se frotta les mains avec joie.

— Quelqu'un à Vancouver ? Pourquoi n'est-il pas venu avec toi ? Est-ce qu'il prend des dispositions pour se déplacer vers le nord aussi ?

Maggie se leva et s'éloigna de quelques pas. Elle n'avait pas besoin de ça. Pas maintenant. Missy n'avait-elle pas compris à quel point il était difficile d'être à nouveau entourée de loups pour la première fois depuis des années ? Avait-elle oublié ce que c'était que d'avoir vraiment peur ?

La seule raison pour laquelle Maggie avait maintenu un contact avec leur ancienne meute, c'était pour rester en contact avec Missy. Dès que Missy s'accoupla avec Tad, Maggie rompit instantanément tous les liens avec Whistler.

Sa sœur ne laisserait pas tomber le sujet.

— Tu l'as rencontré à Whitehorse ? Mags, tu réalises que cela pourrait être la solution à ton problème ?

Oui en effet.

— Écoute-moi bien. Je ne veux pas être liée à un partenaire. Je me demande toujours si j'ai pris la bonne décision de venir et d'être avec ta meute.

Elle baissa les yeux sur sa sœur.

— Comment peux-tu être si à l'aise avec tous ces loups ? Après tout ce qu'ils t'ont fait ? Toutes ces années de ta vie gâchées parce que notre Alpha...

— Oh, chérie, je te l'ai dit tellement de fois au cours des deux dernières années ! Ces loups n'ont été que gentils avec moi. Notre Alpha n'était pas un Alpha, pas dans le vrai sens du terme. Tad est plus humain que mon premier mari. Je suis heureuse maintenant, Mags. Oui, c'était une situation pourrie, et je ne méritais pas d'être traitée comme ça, mais j'ai évolué. N'est-il pas temps que tu fasses de même ?

La seule personne au monde que connaissait Maggie qui avait traversé plus d'enfer qu'elle n'en avait vécu avant elle.

Était-il vraiment possible de laisser le passé derrière soi ?

— Maggie. Dis-moi. S'il te plaît.

Il était impossible de lui résister.

— Erik.

Maggie serra fort les yeux alors que son corps réagissait au simple fait de prononcer son nom.

Son loup se réveilla à nouveau, cette fois avec un étirement lent et sensuel qui lui démangeait la colonne vertébrale. Elle n'avait pas ressenti cette sensation depuis des années.

Un silence complet et absolu accueillit son annonce. Elle ouvrit un œil pour voir Missy assise, la bouche grande ouverte.

— Quoi ?

Missy gloussa malicieusement.

— Tu ne veux pas savoir.

— Tu m'as fait te dire qui c'est, maintenant accouche. Tu ne lui fais pas confiance ?

Sa sœur s'offusqua.

— Ne pas faire confiance à Erik ? Le gentil géant ? Ma belle, il n'y a personne en qui j'ai plus confiance, à part Tad et mon Alpha. J'imaginais juste... hum... vous deux ensemble. C'est tout.

· · ·

— Super. Je te dis que j'ai trouvé mon partenaire, et la première chose qui te vient à l'esprit est de savoir comment nous allons gérer le sexe. Tu es une vraie garce.

Elles rirent toutes les deux.

— Oui, eh bien, le sexe est un peu en haut de ma liste de « choses auxquelles penser » ces jours-ci, car je ne reçois pas grand-chose.

Maggie leva les yeux au ciel.

— Assez. Je n'ai pas encore accepté l'accouplement. Je dois d'abord comprendre d'autres choses.

Missy souleva son ventre avec ses mains et se trémoussa jusqu'à l'avant de sa chaise.

— Ce que tu ne prends pas en considération, c'est qu'Erik est ton partenaire, il t'aidera à comprendre ces choses. Tu as besoin d'aide, et c'est lui qui peut te la donner. Tu dois lui faire confiance.

— Arrête d'être un foutu oracle.

— Je ne suis pas un oracle, je suis une Omega. Plus important encore, je suis ta sœur et je ne veux que le meilleur pour toi. Pourquoi tu te bats si fort ? Erik est un homme bon et il est magnifique. Si je n'étais pas accouplée, je serais intéressée par un petit tour dans le foin avec lui.

Un grognement sourd jaillit de Maggie. Elle se figea sous le choc.

— Oups, on dirait que ton loup n'est pas aussi endormi que tu le penses.

Maggie se laissa retomber sur la chaise en face de sa sœur.

— Non, il devient de plus en plus loquace, surtout quand il s'agit d'Erik.

— C'est une bonne chose.

La joie dans les yeux de sa sœur la dérangeait. *Trouver un partenaire résout tous vos problèmes.* Ce n'était peut-être pas si facile. Maggie se redressa brusquement.

— Tu le dis, mais je ne suis pas convaincue. Je l'ai rencontré il y a quelques jours seulement. J'ai besoin de plus de temps.

Elle passa ses mains sur son visage, se frottant les tempes. Son corps et son esprit lui faisaient mal. De plus, elle voulait tellement Erik qu'elle pouvait crier, mais elle essayait d'ignorer ces sensations.

— Je suis fatiguée. J'espère rattraper mon sommeil ce soir avant de passer en mode nounou pour toi.

— Tu vas te coucher ? Déjà ? Mais nous avons des projets !

Oh putain, non.

— Je ne veux pas d'autres grands événements. Je n'ai qu'à te voir seulement Tad et toi ? Au moins pour un moment ?

Missy tourna autour du pot à quelques reprises. Quelque chose se tramait.

— Le dîner est prévu. Les Alphas seront là. Tu ne peux pas insulter Keil et Robyn et ne pas venir.

Merde. Sa première nuit ici, et déjà elle avait envie de courir dans les bois et de se cacher. Elle serra les dents.

— Bon.

— Il y a le frère de l'Alpha, TJ. Eh bien...

— Erik sera là ?

— Il va là où va l'Alpha, en particulier les événements officiels.

Le seul bruit était le tintement de l'eau dans la fontaine. Maggie se tourna pour regarder avec horreur sa sœur aînée.

— Événements officiels ? De quoi parles-tu ?

Missy soupira.

— Je suis vraiment désolée, Mags, je ne l'ai pas fait

exprès. Il y a un truc ce soir. C'est un gros problème autour de la communauté des loups et cela n'arrive que tous les cinq ans. Je n'avais pas réalisé que le timing se chevauchait lorsque tu as appelé pour dire que tu arrivais. Je ne sais pas si tu te souviens de l'époque où nous vivions à Whitehorse avant de déménager à Whistler. Les JLA ?

— Les Jeux du Loup Arctique ? C'est maintenant ?

— Oui. Le banquet de sélection pour la meute de Granite Lake a lieu ce soir. C'est pourquoi il y a une foule de voitures à la station de conditionnement.

La panique devait se lire sur son visage, car Missy se précipita pour la rassurer.

— Chérie, ça va aller. Je vais m'asseoir avec toi, et Tad le fera, et nous pourrons partir dès qu'ils auront terminé les annonces.

Un frisson de peur s'abattit sur Maggie. Il allait y avoir un rassemblement de loups et elle devait y aller.

Bienvenue en enfer.

ELLE GARDA le plus longtemps possible le dos au mur. Cachée dans l'ombre, elle regardait les membres de la meute se promener dans la grande salle, bavardant et riant.

Cela avait l'air sûr. Pour le moment.

— Tu vas bien ?

Elle retint un petit cri.

— Qu'est-ce que tu fais là ?

Erik passa un doigt le long de son bras, ses yeux pétillants de malice.

— Je suis là depuis cinq minutes à te regarder. J'ai pensé que tu aimerais être escortée à table. Nous allons bientôt faire la sélection, et ça va devenir un peu bruyant ici.

Ses doigts se faufilèrent dans les siens. La chaleur de sa main la rassura, la calmant légèrement. Il y avait beaucoup plus de loups dans le bâtiment qu'elle n'en avait vu de sa vie. Néanmoins, elle ne pouvait pas se permettre de se cacher dans un coin toute la nuit, peu importe à quel point elle le voulait.

— D'accord.

Elle se redressa et garda la tête haute. Elle tremblait peut-être à l'intérieur, mais aucun membre de la meute ne devait s'en apercevoir.

L'Alpha et son compagnon lui sourirent. Les deux lui sourirent avant de reporter leur attention sur l'homme assis à côté d'eux.

— Ils t'aiment.

Erik tira sa chaise vers Missy. Il s'assit de l'autre côté et passa son bras le long du dossier.

Les boucles de cheveux sur son bras lui chatouillaient la nuque et ses mamelons se dressaient. Super. Elle paniquait et était excitée.

Sa bouche était près de son oreille, il lui murmura :

— Je t'aime aussi. Beaucoup.

Il lui lécha le lobe de l'oreille.

Une onde de choc la parcourut. *Merde.*

— Arrête ça.

Sa voix douce la chatouilla.

— Je peux sentir ton désir.

Elle lui donna un coup de coude et il s'écarta légèrement en gloussant.

Missy se pencha.

— Tu vas bien ? On peut y aller, si tu veux. Sérieusement, nous avons fait acte de présence, nous pouvons partir.

Elle voulait juste arriver à la fin de cette putain de soirée pour pouvoir se rouler en boule et s'effondrer, mais elle refusait de paraître faible.

À la table d'honneur, un homme plus âgé en costume d'affaires se leva, l'insigne de sa veste de costume portait les initiales JLA. Il s'éclaircit la gorge et la pièce se tut.

— Les Jeux du Loup Arctique débuteront dans trois jours à Skagway, en Alaska. Les autres équipes ont déjà été sélectionnées et sont en route pour le premier défi. Le capitaine de l'équipe de quatre loups de Granite Lake sera sélectionné en premier parmi un groupe de dix espoirs soumis par votre Alpha. Les trois autres seront remplis par sélection aléatoire. Comme toujours, les événements impliquent à la fois des capacités physiques et mentales, donc la force et la vitesse ne sont pas les seules capacités à l'honneur.

— Chaque membre de la meute de plus de vingt ans est éligible. Votre Alpha a déjà supprimé les noms des membres qui, pour une raison ou une autre, ne sont pas en mesure de participer aux Jeux. Comme votre Omega, évidemment.

— Oui, parce qu'elle leur botterait les fesses ! cria un petit malin derrière, et la salle éclata de rire.

Maggie enroula ses bras autour d'elle pour empêcher ses membres de trembler. C'était trop bruyant, trop de corps, tout simplement trop. Ses doigts souhaitaient reprendre la main d'Erik.

Le président fouilla dans un sac et en sortit un papier, le tenant en l'air. En grande pompe, il l'ouvrit et se pencha vers le micro.

— Le premier concurrent et capitaine de l'équipe de Granite Lake est... Erik Costanov.

Des hurlements de joie remplissaient la salle. Erik serra ses doigts pendant une seconde avant de les relâcher pour se lever et saluer les membres de la meute qui tous applaudirent et crièrent.

— Putain de merde. Enfin, nous aurons une chance de gagner cette chose.

Maggie regarda sa sœur avec confusion.

— Granite Lake n'a jamais gagné. Ils n'ont même jamais été retenus. La méthode de tirage au sort pour sélectionner l'équipe fait que, au fil des années, il y a eu une équipe ou deux avec une sonnerie. On dirait que cette fois, c'est notre tour. C'est fantastique.

Quelque chose se refroidit dans l'âme de Maggie. Elle n'était peut-être pas prête à prendre Erik comme partenaire, mais égoïstement, elle le voulait à proximité.

— Est-ce qu'il sera parti longtemps ?

Missy secoua la tête.

— Les Jeux eux-mêmes durent environ dix jours. Tu peux toujours y aller en tant que spectatrice.

Elle sourit et toucha doucement le bras de Maggie.

— Tu penses qu'il va te manquer ? C'est bon signe.

Maggie frissonna.

— Je ne vais pas traîner avec plus d'une centaine de loups pendant une semaine. Ce soir, c'est déjà assez dur, et c'est supportable uniquement parce que tu es là.

— Et Erik. Sois honnête.

Les sœurs étaient pénibles.

— D'accord. C'est plus facile quand il est à côté de moi.

Des conversations remplirent la salle pendant un moment pendant qu'Erik discutait avec le président de sélection. Il lui sourit à travers la pièce comme si elle était la seule chose dont il se souciait.

Peut-être que... ça fonctionnerait. Finalement. Elle savait maintenant qu'il ne fallait pas nier son loup, et l'envie de se retrouver avec Erik se faisait de plus en plus forte de minute en minute.

Si seulement elle n'avait pas envie de vomir à la vue de la mer de corps dans le couloir.

Le président répéta sa routine, choisissant cette fois un autre nom dans un sac plus grand. Avec un grand cri, un homme d'une vingtaine d'années sauta en l'air, joignant les mains au-dessus de sa tête et les secouant en signe de victoire. Il s'avança, prenant le temps de s'arrêter et de planter un baiser sur une jolie fille au-devant de la salle.

Missy se pencha à nouveau et chuchota en riant.

— Oh, mon Dieu, c'est Jared Gilliland ! S'il y a un défi consistant à entrer dans le pantalon des filles, nous sommes maintenant assurés de gagner.

Plutôt que de regarder ce qui se passait, Maggie était plus déterminée à garder un œil sur Erik. Il serra la main du nouveau membre de l'équipe puis s'éloigna, son regard rencontrant à nouveau le sien.

Il était là pour elle. Pouvait-elle croire ça ? On lui avait appris toute sa vie que son loup était une partie importante d'elle, pas quelque chose qu'elle pouvait nier. Elle avait contesté cet enseignement à son propre détriment.

Peut-être que les conférences données avec amour par Missy au cours des deux dernières années étaient béné-fiques. Il était peut-être temps de passer à autre chose.

Perdue dans ses pensées, elle entendit à peine le président appeler le prochain nom.

— Margaret Raynor.

La terreur lui serra la gorge.

— Je ne peux pas...

Sa voix était le fantôme d'un murmure. Des questions confuses résonnaient dans toute la pièce.

— Margaret qui ?

— Est-elle vraiment éligible ?

L'Alpha leva la main. Le chaos se calma alors que Keil regarda la pièce.

— Elle est éligible. Maggie a officiellement rejoint le peloton il y a deux ans lorsque sa sœur est devenue Omega pour Granite Lake. Je n'ai aucun problème avec sa nomination en vue de représenter notre meute.

Le regard de Keil resta fixe sur elle. Son sourire ne fit pas grand-chose pour calmer les papillons qui faisaient des saltos dans son ventre. Elle n'aimait pas avoir l'attention d'un Alpha, peu importe ce que sa sœur disait à propos de l'homme.

La meute se calma aux paroles de Keil et tout le monde recommença à manger et à discuter. Elle ne pouvait pas faire ça. Elle gâcherait tout pour tous, et les Jeux avaient un enjeu.

Plus que quelques regards curieux lui furent jetés alors qu'elle s'excusait et se dirigeait vers Erik.

— J'ai besoin de te parler.

Elle ne voulait pas être celle qui gâcherait ce qui devrait être une journée spéciale. Elle l'invita à nouveau dans le coin du couloir. Il s'agenouilla à ses côtés pour que leurs têtes soient plus proches.

Oh merde, allait-elle vraiment lui dire ? Elle le devait. Elle l'attrapa par le col et mit ses lèvres à quelques centimètres de son oreille pour se confesser.

— Je ne peux pas changer.

Il enroula ses bras autour d'elle sans même qu'elle s'en aperçoive. Maintenant, ses mains se resserrèrent là où elles tenaient sa taille.

— Quoi ?

Elle se battit pour le faire sortir avant de perdre son courage et fuir la salle.

— Certains défis sont relevés sous la forme d'un loup,

n'est-ce pas ? Je ne peux pas me métamorphoser. Je ne l'ai pas fait depuis plus de sept ans.

— Merci de me l'avoir dit.

Il l'embrassa doucement sur le front.

— Ne t'en fais pas.

Maggie le regarda avec incrédulité.

— Mais... tu m'as entendue ? Je ne peux pas changer. Nous perdrons automatiquement tout défi exigeant que nous soyons tous des loups. Je n'ai pas besoin qu'un groupe de loups s'énerve contre moi. Je dois refuser.

— Tu ne peux pas. Si tu démissionnes, nous rivalisons avec trois. Aucun remplaçant n'est autorisé. Pour le reste, tu dois me faire confiance. Tu te souviens du truc du partenaire ? Nous sommes un couple et il n'y a pas de défi que nous ne puissions relever ensemble.

Sa réponse honnête et directe fit fondre le bloc de glace qui enfermait son cœur. Maggie tendit la main et s'accrocha à nouveau à son col, rapprochant leurs lèvres.

Besoin instantané. La passion et le désir berçaient son corps. Elle se sentait en sécurité. Aimée. Ses doigts s'emmêlèrent dans ses cheveux alors qu'il inclinait sa bouche sur le côté, sa langue caressant ses lèvres, ses dents, son palais. Ils s'enroulèrent l'un autour de l'autre dans le coin du couloir. Elle était inconsciente de tout sauf du feu déchaîné qui embrasait son corps.

Un rugissement s'éleva de la foule. Un mélange de rires, de railleries et de gémissements.

Maggie sursauta au garde-à-vous et se tortilla en arrière. Le son, si écrasant et fort, l'effraya, et elle s'accrocha à ses avant-bras. Erik la relâcha. Il prit sa joue pendant un moment avant de la ramener à la table d'honneur, la gardant en sécurité sous son bras.

— Qu'est-ce qu'il y a ?

Le président répondit :

— N'as-tu pas entendu la sélection du dernier membre de votre équipe ?

Erik baissa les yeux sur Maggie et sourit.

— Non. J'étais un peu distrait.

Un jeune homme aux longs membres s'avança d'un pas nonchalant. Il semblait à peine assez vieux pour participer aux Jeux, même si la ressemblance avec la meute Alpha était étrange. C'était donc le frère cadet dont on lui avait parlé.

— TJ ?

Le mâle dégingandé leva deux pouces.

— Hé, mon grand. Gagnons cette chose !

Il tendit la main pour faire un high five à Erik et trébucha sur ses propres pieds.

5

Le vent se leva tandis qu'ils quittaient le port naturel de Haines derrière eux, naviguant pendant quarante-cinq minutes en ferry jusqu'à Skagway. Erik s'appuya contre la rambarde et observa Maggie du coin de l'œil. Elle était assise toute seule, loin de l'endroit où le reste du groupe qui se rendait aux Jeux se prélassait, riant et faisant des bêtises.

Il avait été occupé ces deux derniers jours. Pas si occupé au point de ne pas prendre le temps pour elle. Tout ce qu'il voulait, c'était passer du temps avec elle, mais elle avait demandé de l'espace pour se préparer au concours. Il le lui avait donné.

Maintenant, il se demandait si cela avait été le bon choix. Les doux baisers qu'elle lui avait donnés avaient fait accélérer son moteur et lui avaient donné envie qu'elle le rejoigne à plein temps, dans son lit et dans sa vie. Là, elle restait en retrait. Se séparant de lui et s'accrochant à sa peur comme si elle était une armure.

C'est drôle à quelle vitesse son point de vue changea. Jusqu'à la semaine dernière, la chose la plus importante dans sa vie était sa position de Beta dans la meute et ses amitiés avec Keil et Tad. Son travail ? Cela avait toujours été une façon d'être là pour les gens. Il y avait longtemps qu'il s'était occupé de ses démons et sa vie s'était très bien déroulée.

Jusqu'à Maggie.

Pour un petit gabarit, elle constituait un paquet d'ennuis. Elle lui servait le chaud puis le froid, et les deux côtés le rendaient fou. Non seulement la connexion de partenaire l'attirait à elle, mais il était habitué à protéger les faibles.

Quand elle regarda autour d'elle, comme elle le fit à cet instant, la peur remplissant ses jolis yeux bleus, il put à peine se retenir de l'attraper et d'essayer d'effacer toute sa tristesse.

Ensuite, elle se retourna et devint puissante, et ce côté était aussi très attirant. Tous les deux étaient de puissants loups.

Le sexe entre eux allait le faire, s'ils pouvaient surmonter son gel chaque fois qu'il s'approchait.

Les membres de la meute erraient sur le pont, laissant un chemin distinct entre Maggie et lui. Le plaisir l'emplit alors qu'elle se levait et se frayait un chemin à travers l'espace, à sa recherche. Il ouvrit sa veste pour lui offrir une protection contre le vent. Elle vacilla, ses yeux se dilatant alors qu'elle se léchait les lèvres.

Son corps se tendit.

— Ne fais pas ça. Pas maintenant. J'arrive à peine à tenir le coup.

Il haussa les épaules.

— Je pensais juste que je pourrais te réchauffer un peu.

Elle mit ses mains dans ses poches et regarda le ciel.

— Nous devons parler de toute cette situation. Comment sommes-nous censés gérer les concours ? Je ne peux pas changer et je ne veux pas vraiment être avec tous ces loups.

— Ce ne sera pas si mal quand nous commencerons la compétition. Habituellement, ils ont des départs échelonnés pour les événements, selon ce qu'ils sont. Tu n'auras que moi, Jared, et TJ avec toi.

Elle baissa la tête et il reprit son souffle. Les orbes bleus étaient remplis de larmes.

— Je ne veux pas faire ça. Pas du tout. J'aimerais pouvoir rentrer à la maison.

Je n'en peux plus d'être patient. Erik s'avança et la prit dans ses bras. Il la tint, lui frottant le dos et essayant de détendre les nœuds serrés de ses épaules. Quel que soit le fardeau qu'elle portait, il le rendait fou.

— Je sais que tu ne veux pas que je dise ça, mais chérie, tu es à la maison.

Maggie s'écarta jusqu'à ce qu'elle puisse le regarder dans les yeux.

— J'ai peur.

— Je vois ça. Mais tu es aussi très forte. Tu n'es pas non plus seule. Je ferai ce que je peux pour t'aider. Malheureusement, peu importe ce que tu crains, nous devrons éventuellement faire face. Le problème de ton loup, je m'en occupe. Crois-moi.

— Te faire confiance ? Bien sûr.

Elle s'éloigna, les bras croisés sur sa poitrine.

— Ce truc de partenaire est vraiment nul, tu sais ? Parce que même si je veux juste aller me cacher, je ne peux pas m'empêcher de vouloir être avec toi, et cela fait partie de ce qui me fait peur.

Erik fronça les sourcils.

— Pourquoi être avec moi te ferait-il peur ?

Maggie hésita.

Ah, merde.

— Est-ce parce que je suis si grand ?

Elle baissa les yeux.

Super. C'était ça d'être jugé au premier coup d'œil. Il ne l'avait pas attendu de sa compagne et cela faisait plus mal qu'il ne l'aurait cru. Il se détourna pour faire face à l'eau. Les démons étaient enfouis profondément, mais manifestement pas autant qu'il l'avait imaginé. Son opinion comptait beaucoup.

Un toucher léger sur sa manche attira son attention. Il baissa les yeux sur son doux visage.

— Ce n'est pas ta taille. Pour dire la vérité, je suis un peu... attirée par ta taille.

Elle rougit et il toussa légèrement. *Oh oui.* Elle se précipita.

— Ce qui me fait peur, c'est que tu te moques de moi et que tu sois surprotecteur. Je n'en ai pas besoin. Je peux prendre soin de moi.

— Je ne vais pas faire ça du tout.

— Oh oui ? Tu peux suffisamment contrôler le loup pour ne pas blesser une personne qui me touche ?

Elle s'éloigna de lui, s'adossant au mur latéral de l'habitacle.

Cette conversation devenait de plus en plus confuse.

— De quoi parles-tu ?

— Je l'ai vu. Dans la meute de Whistler, il y a eu un incident. Dis-moi que ça ne te mettrait pas en colère si je... serrais quelqu'un dans mes bras. Ou l'embrassais.

Putain de merde. Missy leur avait raconté quelques histoires sur son passage dans son ancienne meute, mais il y avait bien plus de problèmes qu'il n'en avait été conscient.

Il s'approcha d'elle et s'agenouilla pour prendre ses mains dans les siennes, les réchauffant entre ses paumes.

— Je n'aimerais pas ça, mais je peux me comporter de manière responsable. Je ne pense pas que ma réaction serait plus sauvage qu'un homme humain typique. J'ai le contrôle. J'y ai travaillé dur.

— Vraiment ?

Il acquiesça.

— Vraiment. Être le plus gros gars du coin signifie qu'il y a toujours quelqu'un qui veut prouver à quel point il est plus dur que moi. Je ne suis pas d'accord avec la violence en premier recours.

Elle le fixa longuement, une expression curieuse dans les yeux. Une foule de touristes bruyants se déversa sur le pont, et son regard se rétrécit, son visage devenant rouge.

Que se passait-il dans son esprit sournois ?

Maggie s'avança lentement vers la foule, un œil par-dessus son épaule comme pour s'assurer qu'il regardait. Elle tapota l'épaule d'un des jeunes hommes du groupe et lui sourit gentiment avant de dire quelque chose. L'homme haussa les épaules.

Elle regarda à nouveau par-dessus son épaule, puis attrapa l'inconnu. Tout le groupe commença à parler fort alors qu'elle déposait un énorme baiser sur ses lèvres avant de le relâcher et de revenir à l'endroit où se tenait Erik.

Il vérifia sa tension artérielle. Il vérifia son tempérament. Les deux semblaient normaux, et le regard railleur dans ses yeux ne faisait que le remplir d'amusement. D'accord, c'était intéressant. Son loup ricana même un peu, voyant l'humour dans ce qu'elle avait tenté de faire.

Le contentement l'envahit. Il avait vraiment cela sous contrôle.

Maintenant, il devait juste s'occuper d'elle.

Il souleva son menton avec son doigt pour que leurs yeux puissent se croiser.

— Que penses-tu que cela a prouvé ?

Elle se mordit la lèvre inférieure, un pli marquant l'espace entre ses yeux. Ah, il n'avait pas réagi comme elle s'y attendait.

— Dois-je aller le frapper ? Bien.

— Erik, attends. Je suis...

Elle lui prit la main. Il lui tapota doucement les doigts avant de laisser retomber sa main. Il se dirigea vers l'assemblée confuse, son amusement grandissant de seconde en seconde.

Les hommes parlaient russe et il comprenait facilement leurs paroles.

— De quoi s'agissait-il, Dmitri ?

— Je ne sais pas, mais je pense que j'aime les filles américaines.

Erik leur tendit la main et leur parla dans leur propre langue.

— Bonjour. Je m'appelle Erik Costanov. Je suis désolé, ma femme te taquinait. Profitez-vous de vos vacances en Alaska ?

Il discuta avec eux pendant un moment, les jeunes hommes racontant ce qu'ils avaient vu lors de leur croisière à travers le passage intérieur. Il leur donna quelques recommandations de restaurants à essayer à Skagway et à Anchorage. Avec des tapes enthousiastes dans le dos et beaucoup de rires, Erik dit au revoir et retourna à l'endroit où Maggie était assise dans les escaliers.

Elle remua le nez et se précipita pour lui faire de la place à côté d'elle. Ils restèrent assis en silence pendant un moment avant qu'elle ne tourne son visage rouge vers lui.

— Je ne savais pas que tu parlais russe.

— Il y a beaucoup de choses que tu ne sais pas sur moi.

Son odeur s'éleva et lui chatouilla le nez, et il prit une

profonde inspiration, la gardant pour plus tard. Il avait hâte de pouvoir dormir avec elle dans ses bras.

— Les apparences peuvent être trompeuses. Par exemple, tu n'as pas l'air du genre à devenir jalouse facilement, mais je parie que si je faisais ce que tu viens de faire, ton loup n'aimerait pas beaucoup ça.

Elle se redressa et un faible grognement s'échappa de ses lèvres.

Hmm, ses soupçons étaient fondés. Son loup était là, juste caché. Il devrait réfléchir à la façon dont il pourrait la convaincre de lui faire confiance afin qu'ils puissent attirer la créature à la surface. Après sept ans, cela pourrait devenir difficile.

Maggie hocha délibérément la tête puis une expression malicieuse traversa son visage. — Eh bien peut-être, peut-être pas. Dis-moi, vas-y et embrasse ce gars, et nous verrons ce qui se passe.

Il rit avec elle. C'était assez d'une victoire pour cette fois. Une autre de ses défenses s'était effondrée, et lorsqu'elle se pencha volontairement à ses côtés, son monde se réchauffa un peu.

Maggie ramassa le sac et joua avec les sangles, les ajustant à nouveau. Toute la situation la mettait mal à l'aise.

— Es-tu prête à partir ?

Elle poussa un cri aigu et laissa tomber le sac. Comment avait-il réussi à se faufiler vers elle alors qu'il était si énorme ?!

Elle hocha la tête, saisissant sa main pour l'empêcher de se détourner.

— J'ai si peur de m'évanouir. Et si j'ai une réaction pendant que je suis en randonnée et...

— Il y a des équipes médicales qui fournissent de l'aide si quelqu'un est blessé. Ce n'est pas une guerre durant laquelle nous nous attendons à ce que tu meures sur le terrain.

Il frotta un cercle sur sa paume avec son pouce, et un éclair de chaleur parcourut sa colonne vertébrale.

— Tu n'as eu aucun problème depuis le soir du banquet, n'est-ce pas ?

Maggie réfléchit une minute. Il avait raison. Son dernier étourdissement était à Whitehorse. Les deux derniers jours, alors qu'elle était chez sa sœur, en préparation pour les Jeux, elle s'était sentie bien. Plus énergique et plus saine qu'elle a été depuis des années.

— Je me sens...

L'expression de ses yeux ôta la vérité de sa bouche.

— Je me sens bien.

Il lui fit un clin d'œil.

— Je me demande si cela a quelque chose à voir avec l'esprit des autres loups, comme ta sœur l'a suggéré ?

Oh merde, pas question. Elle regarda les autres équipes se tenant en groupes, attendant de commencer le premier événement. Les équipes de Whitehorse et du Danemark étaient déjà en route. La meute de Tombstone se tenait sur la ligne, prête pour son départ décalé.

— Je ne veux pas créer de problèmes à l'équipe. J'ai apporté mes pilules au cas où, mais je ne vais pas pouvoir faire cette randonnée très rapidement. J'espère ne pas vous décevoir.

Il croisa les bras un instant, écartant son torse d'elle. Il était impossible de ne pas admirer ses bras musclés, ses biceps bombant son T-shirt.

— Ce n'est pas une course de vitesse. Nous devons résoudre des énigmes au fur et à mesure. Je m'attends à ce que tu gardes le rythme et que tu nous aides à gagner cet événement.

Il parlait avec une telle assurance que ses craintes s'évanouirent un peu.

Erik fit signe aux autres.

— Allez, équipe, vérifions encore les instructions. Nous avons encore trente minutes avant notre départ.

Ils se rassemblèrent, dos aux arbres au bord de la clairière. Devant eux, les plaines de Dyea s'étendaient jusqu'à la rencontre avec l'océan. L'air du début d'après-midi était chaud et se réchaufferait davantage en quelques heures.

Erik étala la carte à leurs pieds et traça la route qu'ils suivraient. Elle était heureuse de voir qu'une fois qu'ils auraient commencé à marcher, ils seraient sous les arbres pendant le premier tiers de la randonnée.

— Trois jours, c'est le temps maximum alloué pour parcourir les trente-trois milles jusqu'au lac Bennett. C'est une bonne randonnée, pas un rythme de sprint. Nous irons plus vite que les Chercheurs d'or d'origine, mais nous n'avons pas à transporter autant de matériel. Cependant, nous devons non seulement atteindre le point de contrôle à temps, mais nous avons aussi une série d'indices à trouver. Certains d'entre eux seront utilisés plus tard dans les défis des Jeux.

— Et si nous ne pouvons pas tous les trouver ? demanda TJ.

— Si l'on en manque un ou deux, nous avons encore une chance. Manquer plus rendra le défi final difficile à gagner. Ce n'est donc pas un sprint. Nous camperons pendant deux nuits, et je m'en fiche si nous voyons d'autres équipes nous dépasser.

Il fit un clin d'œil à Maggie.

— Ce n'est pas une course, même si certaines des autres équipes essaieront de nous convaincre que c'est le cas. Ceci est une configuration pour les événements ultérieurs. Il ne nous reste plus qu'à terminer.

Il sortit les instructions du puzzle, les étalant sur le sol à côté de la carte. Jared se pencha un peu trop près et Maggie s'éloigna, reculant dans la sécurité émanant d'Erik.

Il changea de position avec désinvolture, se collant à son corps, et elle se détendit. Pourquoi devait-il sentir si bien ?

Elle baissa les yeux sur les étranges cartes. Lignes de contour, marqueurs d'altitude, pas grand-chose d'autre.

— Ils ne donnent pas de points GPS ?

Il secoua la tête.

— Nous devons faire cela à l'ancienne avec seulement des boussoles et notre nez. Pour ce défi, un des membres de l'équipe voyage en loup. Ils peuvent changer la nuit, mais lorsqu'ils sont sur la piste et à la recherche d'indices, ils doivent être sous leur forme animale.

La gorge de Maggie se serra et elle eut du mal à respirer. L'un d'eux allait se transformer en loup. Elle devait être aux côtés d'un loup.

Elle allait mourir.

Sans dire un mot, Erik lui caressa le dos, d'un mouvement lent et apaisant. Elle ferma les yeux et se concentra sur la sensation de sa main au lieu de la peur qui lui rongeait le ventre.

TJ jura alors que son pied attrapa le bord du papier et qu'il se déchira.

— Merde, désolé. Écoute, j'aimerais me porter volontaire pour être celui qui reste en loup.

Il enroula ses longs bras autour de ses jambes en essayant d'éviter de toucher quoi que ce soit près de lui.

— Je sais que j'ai une mauvaise réputation, mais je suis capable de porter mon propre poids, surtout si vous me gardez sous ma forme de loup pendant la plupart des Jeux. C'est juste ma forme humaine qui craint les rochers quand il s'agit de coordination.

Pour la première fois, Maggie l'examina de plus près. Il était aussi sombre que son frère, l'Alpha, mais loin d'être aussi volumineux. Membres longs, mâchoire carrée. TJ était un assez beau garçon, il ne semblait jamais être au bon endroit au bon moment. Il y avait une tache de couleur foncée sur sa chemise où elle avait vu quelqu'un le bousculer et jeter ses frites recouvertes de ketchup partout.

Erik approuva.

— J'espérais que tu te porterais volontaire pour le poste, mais pas parce que je prévois de te garder en loup tout le temps. Tu as un odorat impressionnant, et nous en avons besoin pour ce défi.

TJ sourit, ses membres tremblant d'enthousiasme. Erik tira la carte hors de portée juste à temps et éclata de rire.

— Tu vas mieux. Tu as encore un peu de croissance à faire, c'est tout.

L'expression heureuse dans les yeux de TJ fit oublier à Maggie certaines de ses propres peurs. Au cours des deux derniers jours, chaque fois que quelqu'un mentionnait le nom de TJ, il avait été traité d'empoté, qu'il se trouve là ou non.

Soudain, elle se sentit indignée pour lui. Quel genre de merde était-ce ?

— Tu ne veux tout simplement pas porter un sac.

Jared poussa TJ sur le côté et les deux tombèrent au sol pour lutter comme des chiots pendant une minute.

Un coup sur sa manche attira son attention et elle suivit Erik sur le côté de quelques pas.

— Je vais faire changer TJ maintenant. Ça ira ?

Comment savait-il ?

— Je... dois l'être, n'est-ce pas ?

Il s'approcha et parla doucement, pour ses oreilles seulement.

— Tu penses que je n'ai pas remarqué que tu étais tendue chaque fois qu'une des autres équipes avait un changement de membre ? Je ne pensais pas que c'était parce que tu étais gênée par leur nudité.

— Eh bien, il y avait ce gars-là...

— Chut.

Il l'embrassa sur le nez, et elle devint toute douce et fondante à l'intérieur, comme une guimauve. Trois jours sur la piste avec lui. Ce serait le paradis et l'enfer.

Oh non, ils camperaient. Comment pourrait-elle l'éviter le soir ? Éviter de céder à l'attirance entre eux qui grandissait de minute en minute ? C'était une chose de dire qu'elle ne voulait pas devenir partenaire, c'en était une autre de s'en tenir à sa décision.

TJ enleva ses vêtements et les plia soigneusement, glissant le tout dans l'un des trois paquets qui attendaient à proximité. Maggie admira son corps musclé. Il avait peut-être deux pieds gauches sous forme humaine, mais c'était un joli petit lot de maladresse dans l'ensemble.

Un grognement sourd venant de sa gauche attira son attention et elle se tourna pour voir Erik la fixer, un sourcil levé.

— En as-tu assez vu, ou veux-tu qu'il pirouette ?

Certainement pas.

— Tu es jaloux ?

— Oui.

La chaleur s'intensifia.

— Je veux que tu me regardes comme ça, pas TJ. Je veux

voir de l'admiration dans tes yeux pour moi, pour ton partenaire. Ça ne veut pas dire que je vais lui mettre une raclée sur le cul, mais j'aimerais que tu arrêtes de baver devant moi.

Maggie entra dans l'espace de son corps et enroula ses bras autour de son torse, le serrant aussi près qu'elle le pouvait.

— Je suis désolée. Je ne voulais pas te blesser.

Son besoin instantané de le réconforter l'intriguait. Être dans ses bras satisfaisait quelque chose au plus profond d'elle. Faisait gronder son loup en demande.

Il lui caressa le dos d'une main, les doigts de son autre main passant ses cheveux. Il la tint pendant une minute, leurs battements de cœur se synchronisant lentement, et ce fut tellement bon qu'elle en oublia presque où ils étaient.

— C'est bon. Excuses acceptées. C'est un beau gosse, et un loup encore plus beau. Es-tu prête à le rencontrer ?

Elle se figea. TJ avait changé. Erik l'avait-il délibérément distraite ?

TJ était assis sur ses hanches, sa langue pendant sur le côté, haletant dans la chaleur du soleil de midi. Sa fourrure gris-argenté brillait, ses yeux étaient chatoyants et son nez se fronçait.

Elle se rappela encore une fois : c'était TJ. Ils étaient en public. Erik était à proximité.

— C'est un beau... beau... loup... hein ?

Elle pourrait le faire. Seulement, elle ne le faisait pas seule. Elle attrapa Erik. Elle tendit la main, paume ouverte comme une personne le ferait avec un chien étrange.

— Qu'est-ce que... ? marmonna Jared.

— Laisse-la tranquille, ordonna Erik.

Il s'accroupit sur le côté et passa sa main libre sur le flanc de TJ. Maggie pressait son autre main jusqu'au sang.

TJ pencha la tête sur le côté, confus, avant de renifler sa paume. Son nez mouillé effleura sa peau et la chair de poule lui monta sur tout le corps. Il lui lécha les doigts, puis se laissa tomber sur le ventre à ses pieds.

Et se renversa.

Son loup hurlait de plaisir, luttant pour prendre le contrôle, luttant pour se libérer. Des vertiges le prirent.

La prise d'Erik se resserra et il se déplaça pour la soutenir.

— Ça va ?

Région sauvage. Ciel étoilé. Eau de montagne fraîche. Vent dans sa fourrure. Maggie souffrait de toutes les choses qui lui avaient manqué pendant si longtemps. De nouveau, son loup heurta la surface, faisant bouillir son sang, faisant se desserrer un peu plus le nœud dans son ventre.

Elle secoua les bras de soutien d'Erik et tendit la main vers TJ, touchant sa poitrine, faisant courir ses doigts le long de la fourrure plus drue de son museau. Elle prit une profonde inspiration et s'imprégna de l'odeur d'un loup lui rendant hommage. *C'était bon. Oh tellement bon.*

— Lac de granit. C'est à vous dans dix minutes. Vous pouvez prendre place sur la ligne de départ.

Le prévôt des Jeux les dépassa discrètement et retourna dans la zone des officiels.

TJ se précipita sur ses pattes. Erik lui sourit après l'avoir aidé à se relever. Il lui tenait les mains.

— Sommes-nous prêts ?

Il ne parlait pas de l'événement. Maggie redressa les épaules et laissa la joie en elle briller un peu.

Pour la première fois depuis des années, elle sentit qu'il y avait vraiment de l'espoir.

6

─────

Maggie inspira une autre profonde bouffée d'air pur de la montagne dans ses poumons avant d'accélérer pour rattraper son retard. Erik marchait devant eux avec TJ. Elle fut surprise de profiter de la chance de mieux connaître Jared.

— Tu vis dans le Nord depuis longtemps ?

Jared se précipita sur une bûche tombée bloquant la piste puis se retourna pour lui donner un coup de main. Le sentier était en bon état, sauf pour les personnes aux jambes courtes.

— Toute ma vie. J'ai toujours été dans la meute de Granite Lake. Je te le dis, les choses ont vraiment changé ces dernières années. Depuis que Keil et Erik ont repris les choses en main, les conditions se sont tellement améliorées.

Il l'abaissa au sol puis lui fit signe de passer devant lui.

— Qu'est-ce que tu veux dire par *améliorées* ?

— L'ancien Alpha et son équipe, ils ne se sont jamais souciés de choses comme les Jeux. Trop en dessous d'eux. Ce ne sont pas seulement des événements spéciaux comme celui-ci. Mec, il est parfois difficile de trouver un emploi à

Haines, mais Erik et Keil ont arrangé les choses pour qu'aucun des membres de la meute ne se retrouve au chômage.

Il rit.

— Cela ne veut pas dire que tu ne travailleras pas comme un fou. Ils sont capables de trouver les emplois les plus sales et les plus pourris pour les membres de la meute qui tardent à se ressaisir. Non, ça fait du bien de voir les plus jeunes trouver un moyen de rester dans le nord au lieu d'avoir à se diriger vers le sud où leurs loups ne sont pas aussi heureux. Plus les anciens ? Tu les vois régulièrement autour de la meute maintenant, là où avant ils se cachaient parce que personne ne voulait les écouter parler. Surtout les vieux de la vieille qui oublient qu'ils ont raconté la même histoire un million de fois.

Elle s'arrêta pour boire à sa bouteille d'eau, réfléchissant un instant. Cela ne semblait pas être d'énormes changements pour elle. Eh bien, les emplois étaient bons, mais elle avait pensé que le meurtre et d'autres crimes étaient *les* problèmes, pas la paresse et la négligence.

— Savais-tu qu'Erik parlait russe ?

— Bien sûr. Il connaît sept langues.

Elle retira la bouteille de ses lèvres, l'eau coulant sur le devant de sa chemise.

— Sept ?

Jared s'appuya contre un arbre voisin, la regardant avec une expression curieuse sur le visage.

— Quoi ? demanda-t-elle.

— Tu es très jolie.

Elle sentit la chaleur envahir sa peau. L'admiration dans ses yeux l'embarrassa, et à l'intérieur son loup renifla avec dédain.

— Merci.

— Y a-t-il quelque chose entre toi et Erik ? TJ jure que vous avez l'odeur de partenaires, mais...

Il haussa les épaules.

— Tu n'agis pas comme ça. Juste au cas où tu serais intéressée par un...

— Je ne veux pas m'impliquer avec toi.

La langue de Maggie fourcha dans sa hâte de le refuser. Une nausée lui monta à l'idée de toucher quelqu'un d'autre qu'Erik.

Jared éclata de rire, son visage se fendit d'un sourire jusqu'aux oreilles. Quand il se ressaisit enfin, il essuya les larmes de ses yeux et aspira de l'air.

— J'allais te demander si tu étais intéressée par un petit conseil. Chérie, si tu as l'odeur du Beta, je ne m'approche pas de toi de manière sexuelle, même si tu me supplies. J'aimerais garder mes bijoux de famille intacts et utilisables encore quelques années.

Elle ne pensait pas qu'elle pourrait être plus embarrassée. Tout ce qu'elle avait fait ces derniers temps avait été de se hâter.

— Pardon.

Lorsqu'elle leva les yeux, il souriait toujours.

— Alors, quel est ton conseil ?

— Tu ne sembles pas en savoir beaucoup sur lui. L'accouplement est cool, car en étant positif, il est le seul pour toi, blablabla... Ça marche, je l'ai vu avec les Alphas, et avec d'autres dans la meute. Je pense toujours qu'il n'y a rien de mal à avoir une bonne petite conversation à l'ancienne pour accompagner l'attraction physique instantanée et la liaison chimique à vie.

Maggie resta stupéfaite un instant.

— Quoi ? On dirait que je viens de te suggérer d'aller mordre des poulets vivants !

— Je t'avouerais que tes conseils ne sont pas ce à quoi je m'attendais.

Jared ajusta les sangles de son sac à dos et montra la piste. Il reprit la parole alors qu'elle marchait à côté de lui.

— Pourquoi ? Parce que tu as entendu que j'aime les dames ? Je le fais, et si tu n'étais pas prise, je ferais de mon mieux pour te courtiser. Mais je ne suis pas stupide, j'aime plus qu'une culbute. Le sexe est amusant, mais ma main est beaucoup plus sûre qu'une simple partie de jambes en l'air, sans rien de plus que des politesses après l'acte.

Maggie marcha en silence pendant une minute avant de lui faire face.

— C'est un bon conseil.

Il fit un clin d'œil.

— Si vous n'êtes pas partenaires, alors...

Elle se tourna vers lui et il dansa devant elle en riant.

Elle prit une profonde inspiration et suivit. Ces loups étaient différents de ce dont elle se souvenait pendant son adolescence. La posture et la surenchère constante n'étaient pas là. Ils étaient impliqués dans les Jeux. Cela ne pouvait pas être ainsi qu'ils vivaient tout le temps.

À moins que... ?

TJ et Erik disparurent en haut de la montée suivante, partant du sentier dans la brousse. Ils avaient dû trouver un autre indice. Au moment où elle atteignit le sommet, les gars étaient de retour, et Erik arborait un assez grand sourire.

— Vous en avez trouvé un autre ?

Sans réfléchir, Maggie s'appuya contre lui pour vérifier le papier dans sa main. Son corps était chaud et solide, et elle s'ajusta pour se blottir plus près, tirant jusqu'à ce que la feuille d'indices soit dans son champ de vision.

Il gloussa et elle réalisa soudain qu'elle était dans ses

bras. Quand elle essaya de se dégager, il ferma subtilement l'espace et la piégea, attirant son attention sur le papier.

— Numéro huit. Je vous le dis, les indices sont logiques, mais si TJ n'avait pas un si bon odorat, je pense que nous en aurions raté la moitié.

TJ s'allongea sur le sentier, haletant légèrement. Ses oreilles se dressèrent quand Erik prononça son nom, ravi par tant d'éloges.

Jared laissa tomber son sac et distribua des barres de céréales, déballant ceux de TJ et les lui lançant en entier.

— Où était l'indice cette fois ?

— Sur un arbre.

— Dessiné dessus ?

— Sculpté dans l'écorce. On dirait que cela a été fait il y a au moins six mois.

Jared jura.

— Comment TJ a-t-il pu flairer quelque chose d'aussi vieux ? C'est impossible !

Maggie baissa les yeux sur TJ. Elle aurait juré qu'il lui avait fait un clin d'œil.

Erik éclata de rire.

— Oui. Le gamin a toujours dit que son renifleur était bon, et il ne plaisantait pas. Nous devrions installer le camp. J'aimerais commencer tôt demain afin que nous ayons suffisamment de temps à la fin de la journée pour trouver le premier défi mental.

— Tu veux camper ici ?

Jared regarda autour de lui. Maggie se demanda aussi... il n'y avait pas beaucoup de clairières...

— Sheep Camp devrait être dans la demi-heure qui suit la randonnée. Faisons-en notre destination. Une fois que nous y serons, TJ pourra changer et nous commencerons le souper. Erik se tourna vers elle et Maggie se figea. Il ajusta les sangles de son harnais de poitrine, puis lui tapota la joue avec ses doigts avant de suivre l'exemple de TJ. Son corps obéissait, et elle fit ses premiers pas en regardant toujours son visage. Il y avait un air riant dans ses yeux qui lui donna envie de le prendre à part et de lui demander ce qu'il se passait.

Elle marcha en silence pendant près de vingt minutes avant que cela ne la frappe. Elle avait passé toute la journée avec des membres de la meute, dont un en loup, et elle n'avait pas eu de crise de panique. Elle ne s'était pas évanouie et elle était toujours en sécurité.

Peut-être que Missy avait raison. Il était peut-être temps de passer à autre chose.

— ALORS, qu'est-ce que tu penses que c'est ?

Jared frappa TJ à la tête avec sa casquette de baseball.

— Ferme-la ! Debout. C'est pour ça qu'on appelle ça un puzzle, espèce d'idiot, parce qu'on ne sait pas ce que ça veut dire.

— Jared.

Erik ne voulait pas avoir affaire à quelques jeunes punks en ce moment. Maggie s'allongea à côté de lui et son odeur emplit l'atmosphère. Il aurait de loin préféré continuer le petit fantasme mental qu'il appréciait que de devoir discipliner ses coéquipiers.

— Mais il a déjà posé la même foutue question dix fois !

Erik soupira, se redressant avec réticence.

— Je sais. Je ne suis qu'à un mètre et je l'ai entendu à chaque putain de fois. En plus d'avoir entendu, tu fais des réponses intelligentes à chaque fois.

Il tendit la main.

— Donne-moi la page du puzzle et trouvez autre chose pour occuper vos esprits. Nous n'avons pas assez d'indices pour pouvoir résoudre cela, et vous m'énervez tous les deux.

Les deux jeunes hommes échangèrent des regards paniqués puis s'affairèrent. Jared attrapa un couteau et tailla un bâton, tandis que TJ prit un orgue à bouche de quelque part et commença à jouer du sacré bon blues. Erik avait toujours apprécié cela, même si TJ était maladroit, partout où il allait, la musique suivait.

Erik était sur le point de se réinstaller quand il y eut un léger contact sur son bras.

— Tu as bien fait ça.

Maggie était assise avec ses bras enroulés autour de ses jambes, son visage plus blanc que dans son souvenir. *Merde.*

— Est-ce que je t'ai fait peur ? Je ne voulais pas. Les garçons savent que je plaisante.

Elle secoua la tête et fronça les sourcils.

— Je ne suis pas fâchée.

— Tu es pâle.

Il ferma rapidement la bouche. Quelle chose incroyablement stupide à dire !

Elle leva les yeux au ciel.

— Hé, merci.

Oui.

— Es-tu fatiguée ? Affamée ?

Puis-je masser tes pieds ou toute autre partie de ton corps ? Ce qu'il ne donnerait pas pour pouvoir la toucher... Toute la journée passée ensemble, même en randonnée, avait fait monter son désir pour elle.

— Non, j'en ai eu plus qu'assez au souper. J'ai besoin de réfléchir un peu. Merci d'avoir demandé au duo comique de se taire. Je n'ai pas fréquenté beaucoup de monde depuis un moment et leurs jappements constants m'irritaient.

Elle s'étira paresseusement et il apprécia la façon dont son T-shirt se collait à ses seins, la vue lui mettant l'eau à la bouche. Elle était peut-être une petite chose, surtout comparée à lui, mais ses seins étaient pleins et distrayants.

Elle se recroquevilla à côté de lui, sa hanche touchant la sienne, et il sourit. Il n'y avait aucun moyen d'ignorer l'attraction physique entre eux. Il n'essayait pas de faire comme si ce n'était pas là. Il irait aussi lentement qu'elle en avait besoin, mais il ne reculerait pas.

Pendant les trente minutes suivantes, il fit semblant de regarder les indices du puzzle tout en examinant chaque centimètre de son corps. Elle allait être la sienne — prendre soin d'elle, l'aimer et être avec elle pour le reste de leur vie. Toute l'idée des partenaires ne le dérangeait pas du tout.

Jared bâilla, un son fort qui fit rire Erik. Il était temps de les récompenser.

— Hé, bon travail aujourd'hui, tout le monde !

TJ fit un signe de la main, rangeant l'orgue à bouche et laissant échapper son propre bâillement.

— C'est l'altitude, je le jure. Je vais me coucher. Tôt le matin, je suppose ?

— Sur la piste à sept heures.

Jared hocha la tête.

— Je vais me reposer aussi. J'ai besoin de me replier un peu.

Il fallut beaucoup de temps aux garçons pour ramper dans la tente et organiser leurs sacs de couchage avec toutes leurs bêtises. Les grognements et les rires s'éteignirent lentement et Erik se détendit. Enfin. Du temps seul avec sa compagne.

Les deux étaient assis en silence, les petits bruits de la forêt la nuit continuant. Ici, dans la partie la plus au sud du Yukon, le ciel insistait pour rester brillant, mais ce n'était en aucun cas le soleil de minuit. Il y avait une belle lueur rose qui s'élevait de derrière les montagnes de l'ouest et Erik redescendit d'un pas traînant pour reposer sa tête sur la bûche sur laquelle ils s'étaient retournés pour s'asseoir.

Maggie le regarda un long moment avant de soupirer.

— Cela ne sert à rien.

— Quoi ?

Elle toucha son bras avec hésitation, et un frisson le traversa. *Oh, salut.* Il garda ses mains derrière sa tête et la regarda se rapprocher, posant sa tête sur sa poitrine. Ses cheveux lui chatouillaient le menton et son souffle le réchauffait.

— Je ne peux pas nier que je suis attirée par toi. Mon loup t'aime aussi.

Elle s'assit pour le regarder dans les yeux.

— Je ne peux pas...

— Je ne te le demande pas. Pas encore. Tu m'as dit d'attendre, j'attends.

Merde, merde et merde, il attendait.

— Où es-tu né ?

Erik cligna des yeux.

— C'était un changement rapide de sujet.

Elle se blottit contre lui, et son loup se lissa au garde-à-vous.

— Je pensais que si nous en apprenions un peu plus l'un sur l'autre, cela nous aiderait.

— Lavrentiya. Petit village côtier sur le détroit de Béring.

Elle s'arrêta.

— Je suppose que cela explique pourquoi tu parles russe. Quand es-tu venu en Alaska ?

Il lui raconta son enfance et ses déplacements jusqu'à ce que la famille s'installe enfin à Sitka.

— Le reste de ma famille est toujours là. Je serais ravi de t'emmener à leur rencontre, quand tout sera fini.

— Tout sera fini ?

— Les jeux.

— Oh.

Elle acquiesça.

— Ce serait... bien. Je suppose.

— Et toi ? Je sais que ta famille a traversé des moments difficiles, alors n'en parlons pas maintenant. Dis-moi ta couleur préférée.

— Tu n'es vraiment pas ce à quoi je m'attendais, tu le sais, ça ?

— Pourquoi ? Parce que je veux pouvoir t'acheter des sous-vêtements sexy dans ta couleur préférée ?

Elle ouvrit la bouche et il sourit.

— Merde, j'aime te taquiner.

Elle remua le nez et il se demanda ce qu'il se passait derrière ses beaux yeux.

— Je pensais à ton problème d'évanouissement pendant que nous étions sur la piste. Tu as dit que c'était un déséquilibre chimique ?

Elle acquiesça.

— Cela n'a empiré que l'année dernière, et évidemment je ne peux pas me changer en louve pour qu'elle puisse me guérir.

Oui, cette partie. Il n'allait même pas encore essayer de se frotter à ce problème. Bientôt, mais pas ce soir.

— Je pense que cela a à voir avec le fait que tu ne te déplaces pas et que tu évites les loups. Nous dégageons tellement de phéromones, tout le temps, cela aide à maintenir un équilibre délicat. Maintenant que tu es dans la meute, même avec quelques-uns d'entre nous, tu devrais te sentir mieux.

— C'est pourquoi je suis venue dans le nord pour rejoindre la meute. Missy a insisté sur le fait qu'être avec ma famille suffirait à me guérir.

Elle baissa les yeux vers l'endroit où leurs mains jointes reposaient sur ses genoux.

— Comment as-tu compris ? As-tu une formation en chimie ou autre ?

— Non. Doctorat en langues slaves.

Ses yeux s'écarquillèrent et il rit de son expression.

— Avec une maîtrise en littérature classique.

— Mais... tu travailles avec Keil en tant que guide de la nature.

Il haussa les épaules.

— Lorsqu'il a envisagé de créer l'entreprise, il savait que son frère serait trop jeune pour être une véritable aide pendant plusieurs années. J'ai proposé de m'associer à lui jusqu'à ce que TJ puisse prendre le relais.

— Mais pourquoi, si tu as toute cette éducation...

— Il est mon meilleur ami. Je donne actuellement des cours particuliers à une demi-douzaine d'étudiants en ligne, donc j'utilise toujours mes compétences, mais il aurait été très égoïste de laisser mourir son rêve alors que je pouvais l'aider.

Ses yeux brillants examinèrent son visage de près, comme si elle essayait de voir si c'était une sorte de truc pour l'impressionner.

— Tu es un homme très compliqué, Erik Costanov.

— Je suis aussi simple que possible. Je crois à la règle d'or et j'essaie de vivre selon elle.

Elle le fit perdre l'équilibre en rampant sur ses jambes et en le chevauchant, ses fesses reposant sur ses cuisses. Il resta immobile, craignant de lui faire peur, mais savourant la sensation de son poids sur lui.

— Qu'est-ce que tu fais ?

Là, cela réussit à paraître raisonnablement intelligible. Merde, il parlait sept langues et en ce moment l'anglais ne semblait pas être l'une d'entre elles. Sa langue était collée au palais.

Elle se rapprocha un peu et il retint un gémissement. Son cœur brûlant reposait maintenant contre son aine et son sexe s'élevait comme du pain neuf dans un four.

— Je veux t'embrasser.

Des alléluias résonnèrent dans son cerveau. Des exclamations sacrées et effrayantes de jubilation, de réjouissance et de joie sans fin éclatèrent en un chœur complet. Mais lorsqu'il parla, il prononça un « D'accord » mesuré.

Elle se pencha en avant et effleura ses lèvres des siennes, et la sensation électrique qu'il avait ressentie auparavant lorsqu'ils s'embrassaient bourdonna à travers son torse et le long de sa colonne vertébrale jusqu'à son cerveau. Avant qu'il ne s'en rende compte, il avait enfoui les doigts d'une main dans ses cheveux, la déplaçant comme il le voulait, tandis que l'autre s'enroulait autour de son corps pour rapprocher leurs torses. Sa douceur emplissait ses sens, éveillant ses papilles gustatives avec le désir de plus. Des bruits avides s'élevèrent d'elle alors que leurs langues se frôlaient.

La nuit était chaude et ils ne portaient tous les deux que des shorts et des T-shirts. Avoir une barrière entre eux était une torture.

Il interrompit leur baiser, s'assit avec elle, toujours à califourchon sur lui, et enleva sa chemise. Ses yeux s'écarquillèrent pendant une seconde avant qu'elle ne se penche pour caresser son abdomen, les caresses fugaces le tourmentant alors même qu'il savourait enfin sa compagne, touchant enfin à nouveau sa peau.

— S'il te plaît, enlève ta chemise.

Sa voix se brisa, il en avait tellement besoin. Il ferma les yeux contre la déception d'elle disant non, puis le bruissement du tissu frappa ses oreilles. Quand il regarda à nouveau, elle portait toujours son soutien-gorge, mais la douceur crémeuse du reste de sa peau compensait largement cette petite déception. Il la toucha avec révérence, caressant de ses hanches jusqu'à sa taille jusqu'à ce qu'il couvre les renflements de ses seins couverts de dentelle.

Il frottait ses pouces en petits cercles sur ses mamelons, les pointes perlant en des points serrés qui transperçaient sa chair à travers le tissu.

— Tu es belle.

Il ignora l'envie impérieuse de la retourner et de la prendre, et à la place glissa ses mains sur sa poitrine pour que leurs lèvres se rencontrent à nouveau.

Ils s'embrassèrent tranquillement, explorant la bouche et le cou de l'autre, se caressant la langue, se mordillant les dents. Erik ne savait pas combien de temps ils restèrent assis là et franchement, il s'en fichait. Il l'avait attendue toute sa vie, et ils faisaient enfin ce que son loup lui hurlait de faire depuis des jours. Même si la bête allait être amèrement déçue qu'ils n'aillent pas jusqu'au bout.

La respiration de Maggie s'accéléra et elle se tortilla contre lui, se frottant contre son aine.

N'en pouvant plus, il la souleva et défit sa ceinture.

Elle lui frappa les mains.

— Qu'est-ce que tu fais ?

— J'enlève ton pantalon.

— Erik, nous ne pouvons pas...

Il était en feu

— Nous n'avons pas de relations sexuelles, mais j'ai besoin de te toucher. Enlève-le, maintenant, supplia-t-il.

Elle hésita juste une seconde, puis ouvrit la fermeture éclair et laissa tomber à la fois sa culotte et son short, qui tombèrent à ses chevilles. Elle se tenait là, nue à l'exception de son soutien-gorge, son sexe offert à lui. Il ne put plus lui résister.

Il agrippa ses fesses et enfouit son visage entre ses jambes. Elle cria doucement, mais il était trop occupé pour l'avertir de se taire. Son doux parfum l'attira, et il sépara les boucles qui la recouvraient avec sa langue et lécha la longueur de sa vulve. *Oh, Seigneur, elle avait bon goût.* Sa saveur le traversa et l'enivra. Il enfonça sa langue dans ses replis aussi loin que possible, lapant ses fluides d'excitation.

Elle se balança contre sa bouche, ouvrant ses jambes plus largement, ses doigts agrippant sa tête. Son bras enroulé autour d'elle lui permettait de la tenir et il pouvait atteindre son corps. Elle faisait les bruits les plus délicieux, et il s'arrêta pour prendre une profonde inspiration et profiter de la sensation de la tenir intimement.

— Encore... demanda-t-elle.

— Oui.

Il glissa un doigt dans ses profondeurs et suça son clitoris avec sa bouche.

— Oui...

Son sifflement d'accord dans le grondement de contentement d'un loup caressé et il sourit.

Il savait comment réveiller son loup. Quand Maggie serait prête, ils l'appelleraient ensemble. Pour l'instant, il voulait apporter du plaisir à sa compagne et concentra toute son attention sur elle. Il taquina ses grandes lèvres avec les doigts, encerclant les plis tendres, avant de plonger à nouveau un, puis deux doigts dans et hors de son fourreau. Passant sa langue autour du bourgeon gonflé de son clitoris, il l'effleura de manière répétitive avec le bout durci de sa langue.

Un tressaillement commença dans ses cuisses, ses genoux tremblèrent et il lapa plus fort. Il la soutint d'une main alors qu'elle criait avec son orgasme, un hurlement vif de plaisir qui résonna dans le ciel encore lumineux.

Il retira ses doigts de son corps avec réticence, l'humidité poisseuse couvrant sa main, appelant comme un aphrodisiaque. Il lui tenait les hanches, lui laissant le temps de récupérer. Les mains étreignant sa tête adoucirent leur étreinte mortelle alors qu'elle caressait ses cheveux courts. Il ferma les yeux et déposa un baiser sur la peau tendre au creux de sa cuisse. Son odeur emplissait chaque cellule de son corps et s'arrêter maintenant était la chose la plus difficile qu'il ait jamais faite.

Une petite tape sur sa joue attira son attention sur ses yeux brillants remplis de passion et de gratitude.

— C'était incroyable.

— Pour nous deux.

— Je suppose que cela prouve que je suis vraiment un loup dans l'âme. Merde, je ne peux même pas me sentir gênée que tout le monde dans un rayon de cinq milles sache que je viens d'atteindre un orgasme.

Ils rirent ensemble pendant qu'Erik remontait ses sous-vêtements et l'aidait avec son short. Leurs mains se frôlèrent, se cognèrent et s'emmêlèrent. L'homme-loup profitait de chaque contact qu'il pouvait chaparder.

Elle se laissa retomber sur ses genoux, ses bras enroulés autour de son cou.

— Merci.

— Tout le plaisir était pour moi.

Ça l'était. Son regard tomba sur son entrejambe et la bosse évidente sous le tissu.

— Oui, je te veux toujours.

Maggie lui mordilla la lèvre inférieure.

— Pas encore. Je suis désolée, c'est tellement égoïste, mais je ne suis pas prête.

— Mais bientôt ?

Elle hésita.

— Peut-être.

Son cœur bondit. *Peut-être* était loin de *non*.

— Je peux faire avec *peut-être*.

Il l'embrassa une dernière fois, juste pour devenir fou, puis l'emmena jusqu'à la tente. Le matin viendrait bien assez tôt.

7

—Nous avons un problème.

Maggie gémit en s'assoyant à l'endroit où elle s'était vautrée sur le bord du sentier. Les deux dernières heures furent un véritable enfer alors qu'ils se frayaient un chemin jusqu'au sommet des Golden Stairs et sur le col Chilkoot. Elle n'avait pas fait autant d'ascension verticale depuis son adolescence, et chaque muscle cria en signe de protestation.

— Qu'est-ce qui ne va pas, Jared ?

— Est-ce que TJ a perdu une pièce du puzzle quand il a fait une bêtise la nuit dernière ?

Jared fronça les sourcils en feuilletant les pages. Erik tendit la main et Jared les lui tendit. Maggie regarda avec inquiétude Erik examiner les feuilles. Jared grogna de frustration.

— Si le roi Empoté...

— C'est assez.

Erik le coupa sévèrement, et Jared eut la grâce d'avoir l'air penaud.

— Il ne manque rien. Quel est le problème ?

— Il n'y a pas d'indices supplémentaires pour les derniers espaces, souligna Jared. Il n'y a pas non plus d'indices marquants. Trois colonnes complètement vides, c'est comme si nous allions à l'aveugle et que nous devions trouver une aiguille dans une botte de foin.

Maggie se rapprocha pour regarder les papiers par-dessus l'épaule d'Erik. Elle s'appuya contre son dos solide, la chaleur de son corps l'attirant comme un aimant. Toute la journée, elle s'était forcée à rester loin de lui, mais céda maintenant au besoin de recharger ses batteries d'un bref contact. Il lui jeta un coup d'œil et lui fit un clin d'œil, et elle rougit. Leur attirance sexuelle était normale pour les loups, mais son déni continu de leur accouplement et sa réponse patiente la troublaient. Elle avait l'impression d'être un ventilateur cassé, fonctionnant au chaud puis au froid.

— J'ai remarqué le premier jour. Nous allons le découvrir ce soir.

Erik rendit les papiers à Jared. Le jeune homme regarda en état de choc.

— Comment pouvons-nous combler les réponses manquantes sans indices ni repères ? Pourquoi n'as-tu rien dit plus tôt ?

Erik haussa les épaules.

— Il ne servait à rien de paniquer. Le défi doit être soluble, alors j'ai décidé que nous le découvririons au fur et à mesure.

Jared secoua la tête.

— Tu es vraiment trop cool et calme parfois.

Un hurlement étouffé s'éleva de la piste, et ils se retournèrent pour voir TJ revenir en courant. Sa démarche chaotique déchira le terrain rocheux alors qu'il revenait pour laisser tomber une pierre à leurs pieds.

Erik la ramassa, passant une main sur la tête de TJ.

— Bien joué. Je n'avais pas hâte de chercher cette réponse.

— Où était-elle ?

Il montra, déchiqueté contre l'horizon, le dos de la montagne qui s'étendait sur un autre kilomètre sur leur gauche.

— L'indice du puzzle était *couper la route*, et la carte indique l'emplacement le long de la crête éloignée. J'ai envoyé TJ à l'avance dans l'espoir que la réponse soit quelque chose d'évident et que cela nous épargne le voyage.

Imaginer devoir gravir les rochers amoncelés jusqu'à la flèche rendait Margaret encore plus reconnaissante envers le loup de TJ.

— Je n'aurais jamais fait ça.

— Quel symbole dois-je ajouter ? demanda Jared.

Erik remit la pierre à Maggie et elle la retourna avec précaution.

— Il n'y a rien de gravé dessus.

Un creux au ventre. Allaient-ils finalement devoir faire la dangereuse ascension ?

— Ne t'inquiète pas, c'est ce dont nous avons besoin. Ce n'est pas toujours aussi simple que d'avoir la réponse écrite en surface. Souviens-toi que la réponse au sixième indice impliquait une formule mathématique.

Erik lui donna un coup de coude.

— Quel genre de roche est-ce ?

TJ tapota ses pieds, et elle s'agenouilla pour le gratter derrière les oreilles alors qu'elle fixait l'éclat de pierre.

— Tu ne l'aurais pas apportée à moins que tu penses que c'était la réponse.

— Ça scintille, alors je suppose que c'est de l'or des fous. Il doit y avoir beaucoup de choses dans ces parties.

Erik éclata de rire.

— Rappelle-moi de ne jamais chercher de l'or avec toi. Tu raterais une mine.

Elle le regarda avec stupéfaction.

— C'est de l'or véritable ?

— Oui, et ce n'est pas l'endroit habituel pour trouver une pépite. L'or est rarement trouvé en vrac comme celui-ci, et jamais aussi haut. Quelqu'un a dû l'avoir planté là.

Maggie tourna de nouveau le morceau.

— Cela ne me semble toujours pas grand-chose.

Jared ajouta quelques notes avec un grand geste.

— Une pépite d'or.

Il leva les yeux, l'inquiétude revenant sur son visage.

— Il n'y a que trois autres indices avant de terminer et d'atteindre la section vierge du puzzle.

— Ensuite, nous nous arrêterons pour la nuit.

Erik se leva et tendit la main à Maggie pour l'aider à se relever. Elle la prit avec reconnaissance.

— C'est le reste de la grande montée. À partir de là, c'est un sentier vallonné jusqu'à ce que nous commencions à descendre vers le lac Bennett. Le prochain indice est *Réflexions* et les coordonnées semblent être près d'une source d'eau, alors bougeons-nous. La journée sera finie avant que nous le sachions.

Il leva son sac à dos. Maggie rampa sous les bretelles à contrecœur. Il passa ses mains sur son corps alors qu'il aida à resserrer les boutons pression et les boucles, et sa peau picota.

— Arrête, murmura-t-elle.

Super, maintenant elle allait faire de la randonnée avec des pieds endoloris, des muscles fatigués et un besoin douloureux au ventre.

Erik gloussa.

— J'essaie juste d'être utile.

Elle lui donna un coup de coude.

— Ça ne veut rien dire !

TJ se gratta la tête.

— Pourtant, ça doit.

Jared faisait les cent pas. Maggie se frotta les tempes. Ils avaient installé leur camp il y a deux heures, avaient dîné, puis le puzzle avait commencé à les rendre tous fous.

— Ce sont des mots totalement indépendants. C'est absurde.

Maggie fixa les papiers à ses pieds. C'était vrai. Il n'y avait aucune logique dans les mots et les symboles qu'ils avaient trouvés.

— Nous avons essayé de réarranger les mots. Nous avons pris la première lettre, la dernière lettre. Nous avons...

— ... tout essayé.

Jared accorda un regard à Erik.

— Et si nous ne comprenons pas cela ? Pouvons-nous terminer sans les six derniers indices ?

Erik hocha lentement la tête.

— Nous devons juste nous rendre à l'enregistrement de Bennett Lake à trois heures. Ce n'est pas du tout un problème. Ce n'est que lors des Jeux précédents que le défi final utilisait les informations recueillies à partir de tous les autres événements. Il y a cinq ans, l'équipe en quatrième position est revenue de l'arrière pour gagner, car aucun des leaders n'avait tous les indices.

Maggie soupira. Elle se sentait tellement inutile. Contrairement à TJ qui avait fait plus que sa part, tout ce qu'elle avait fait était de s'assurer qu'ils marchent plus lentement que d'habitude.

D'habitude, elle était douée pour les énigmes logiques. Elle ramassa les indices et les parcourut à nouveau. Quelque chose attira son attention.

— Erik, c'est quoi ces notes ?

Il s'assit à côté d'elle et elle se baigna en sa présence.

— Celles-là ? J'ai noté où nous avons trouvé la réponse. J'ai pensé que tout pourrait aider à la fin.

Son cœur s'emballa.

— Et si les indices n'étaient pas seulement pour nous aider à trouver l'emplacement, mais que nous devions les utiliser deux fois ?

Jared se laissa tomber en face d'eux, l'espoir éclairant son visage.

— Comment utiliser un indice deux fois ?

— Nous avons trouvé la réponse au numéro onze en regardant dans le reflet de la piscine au pied de la cascade, n'est-ce pas ?

— Il y avait le symbole grec oméga. Nous l'avons écrit. Cela ne signifie rien.

Elle acquiesça.

— Mais quand tu regardes ton reflet, tu le vois à l'envers.

C'était la bonne piste, elle en était sûre.

Erik lui effleura le bras.

— Le symbole de l'oméga est le même, que tu le dessines à l'envers ou à l'endroit.

Maggie rit.

— Omega est la dernière lettre de l'alphabet grec. Qu'est-ce qu'il y a à l'autre bout ?

TJ leva son bras avant de le baisser lentement.

— Désolé, trop d'années scolaires. Alpha est le A grec.

— C'est ça.

Maggie dessina le symbole de l'alpha.

— Et ici... nous avons noté *or*. Mais l'indice disait *Couper la route.* La formule chimique de l'or est *Au*. Si nous coupons le U, nous obtenons un A.

Les trente minutes suivantes passèrent dans le flou alors qu'ils étaient en pleine réflexion pour le reste du puzzle. En alimentant la réponse actuelle avec le nouvel indice, il y avait des alternatives claires.

— Dans tes notes, tu as marqué à quelle hauteur nous avons trouvé les réponses, en haut ou en bas par rapport au sol. Dois-je ajouter cette information ?

— Quoi ?

— Tu es très attirante quand tu es obsédée par quelque chose, formula Erik à l'attention de Maggie.

Jared rit.

— Toi aussi. Gardez les mièvreries pour plus tard. Résolvons ce problème.

La femme du groupe parcourut la page rapidement et ses espoirs volèrent en éclats. Il n'y avait rien d'autre qu'une série de lettres simples, A-G mélangées encore et encore.

Cela n'avait toujours aucun sens.

Jared et TJ commencèrent à rire, et son humeur s'assombrit.

— Ce n'est pas drôle.

— Nous avons essayé. Nous devrons simplement terminer sans les dernières informations.

Jared jeta une pierre dans le buisson et s'allongea sur le sol avec dépit.

TJ sursauta.

— De quoi parlez-vous, les gars ? Ne le voyez-vous pas ?

Son expression sérieuse fit que Maggie se sentit encore plus mal.

— Il n'y a rien là-bas qui nous aide, TJ.

Il renifla avant de lui voler le papier pour griffonner six autres lettres.

Erik regarda la liste et haussa un sourcil.

— Tu crois ?

— Affirmatif.

TJ hocha rapidement la tête. Il fouilla dans ses poches, tâtonnant en sortant son harmonica.

Alors que les premières notes de l'opéra pour enfants familier résonnaient dans l'air sur l'instrument à vent inhabituel,

— Tu dis que ces lettres sont des notes de musique ? Cette mélodie est trop drôle ! s'esclaffa Maggie.

Erik lui sourit.

— Je pense que TJ a trouvé la bonne solution. Est-ce que ça aide si je te dis que le nom du directeur de course est Peter ?

Il applaudit lentement.

— Bien joué.

Jared gémit.

— « Pierre et le loup » ? Nous avons traversé toutes ces recherches pour devoir écouter TJ jouer de la mauvaise musique classique sur son harmonica ?

TJ le frappa, et les deux dégringolèrent. Erik sourit à celle avec qui il était connecté, et elle lui rendit son sourire de satisfaction. Elle avait vraiment réussi à aider l'équipe.

Les gars n'avaient rien fait d'autre que la soutenir, et son cœur n'eut plus de palpitations lorsqu'elle se souvint être dans la brousse avec trois autres loups.

À l'exception des battements forts et rapides de son cœur qui subsistaient chaque fois qu'elle pensait à Erik.

Son loup heurta la surface, comme s'il tendait la main vers lui. Maggie dut se retenir de se rapprocher, de se frotter partout sur lui. Pendant un instant, elle envisagea sérieusement de le traîner dans la tente et d'accepter leur accouplement.

Sa gorge se serra et elle baissa le regard, pour triturer les papiers. Elle les rassembla, puis les lui lança.

L'idée d'être sous la forme d'un loup avec d'autres personnes autour... elle n'était pas sûre d'être prête pour cette étape. S'accoupler avec Erik, mais refuser de laisser leurs loups entrer en contact serait si cruel. Elle ne pouvait pas jouer avec ses émotions, ne pouvait pas taquiner son loup avec des promesses qu'elle était incapable de tenir.

Quels étaient les défis à venir dans les Jeux du Loup ? Avait-elle aidé à résoudre cette énigme pour leur arracher la victoire alors qu'elle était incapable de se métamorphoser ?

— Tu réfléchis trop. Laisse ça.

Erik repoussa un cheveu derrière son oreille, et elle se laissa aller à cette caresse sans réfléchir.

— En fait, nous devrions tous nous rendre. Ce n'est pas parce que nous savons ce que nous recherchons que ce sera plus facile demain.

— Donc, utiliser la chanson pour résoudre le puzzle nous a donné six lettres dans la colonne des réponses, mais nous n'avons aucune idée de l'endroit où nous les trouverons ? Ce seront sûrement les informations dont nous aurons besoin pour l'événement final. Ça craint, se plaignit Jared en ouvrant la tente.

— Hé, au moins nous savons quoi chercher, et avec l'odorat développé de TJ, je suis convaincu que nous serons au point de contrôle dans les temps.

Erik tapota TJ dans le dos, et l'attrapa par la chemise quand il trébucha.

— Oui, une bonne nuit de sommeil et une petite randonnée demain. Je parie que peu de temps passera entre la fin de ce défi et le début du suivant.

Erik installa les garçons, et revint pour lui tendre la main.

— Bien que j'aimerais une répétition d'hier soir, je suggère que nous fassions également tomber le rideau.

Il y avait trop de choses à dire et elle n'en avait pas encore la force.

— Erik, et si je ne peux pas... ?

Il leva la main.

— Je n'essaie pas d'être impoli, mais j'aimerais que tu me fasses confiance sur ce coup-là. Dormir d'abord, discuter ensuite. Tu as si bien réussi avec le puzzle, mais je peux sentir ton épuisement d'ici. Pendant que tu obtiens les produits chimiques dont tu as besoin en étant avec nous, je doute que tu aies fait une randonnée aussi loin au cours des dernières années en traînant à Vancouver.

Il l'attira contre son corps et elle se blottit contre lui. C'était si merveilleux. Il lui souleva le menton et la regarda.

— Je te préviens que je vais te coller ce soir. Je ne peux pas résister, et je pense que tu en as besoin aussi. Si tu avais l'intention de protester, argumente pour que nous ne réveillions pas les garçons.

Les ronflements de Jared secouaient déjà la tente et Maggie rit.

— Comme si souffler de la trompette dans son oreille le réveillerait.

Ils échangèrent des sourires avant qu'elle ne redevienne sérieuse. Il n'y avait rien qu'elle désirait plus que de sentir ses bras autour d'elle.

— Je pourrais le supporter que tu me tiennes, si tu le dois absolument.

— Je pense que c'est vital.

Ils se glissèrent dans la tente et Maggie se détendit. La chaleur de son compagnon l'abritait comme une couverture alors que la lumière sans fin brillait à travers les parois de la tente, remplissant l'espace d'une lueur bleue paisible.

8

———

Erik fut ravi lorsque leur équipe termina le défi en un temps record, en ayant trouvé toutes les pièces du puzzle sauf une. Maggie insista pour enregistrer tout ce à quoi elle pouvait penser à propos des endroits où ils avaient découvert les lettres, espérant que l'information les aiderait sur la route.

Ils franchirent à peine la ligne au poste de contrôle qu'on les emmena à Carmacks pour prendre le départ de la course suivante.

Erik garda Maggie à côté de lui tandis qu'ils montaient dans le bus avec quatre autres équipes. La peur dans ses yeux lui faisait mal au cœur, mais la façon dont elle redressa les épaules et insista pour s'asseoir avec TJ le remplit de fierté.

Le président se leva à l'avant du bus pour annoncer les détails du prochain défi.

— Vous serez tous sous forme humaine pour cet événement des Jeux.

Un murmure parcourut le bus, et TJ jura dans sa barbe.

Erik posa une main rassurante sur l'épaule du jeune homme.

— Tu pagaies dans l'une des sections les plus difficiles du fleuve Yukon. En raison des changements de niveau d'eau, les rapides Five Finger sont loin d'être aussi dangereuses qu'elles l'étaient à l'époque de la ruée vers l'or. Mais nous avons prévu un départ groupé, il y aura donc beaucoup de canoës en lice pour l'itinéraire le plus sûr. C'est à toi de passer de l'autre côté en un seul morceau.

— La notation de cet événement impliquera à la fois du temps et des points bonus. Il y aura aussi des déductions.

Il brandit un flotteur aux couleurs vives.

— Nous avons six bouées ancrées à divers endroits le long de la rivière. Si vous vous approchez suffisamment, vous aurez à nouveau l'occasion d'observer un symbole qui vous aidera plus tard.

— Qu'est-ce qui causerait un handicap ? demanda l'un des membres de l'équipe d'Anchorage.

Le président sourit de ses canines longues et pointues.

— Tomber du canot. Vous pouvez toujours obtenir un score de temps lorsque votre canoë franchit la ligne d'arrivée, mais toute personne à l'extérieur du canoë entraîne l'application d'une déduction.

L'épaule de TJ se tendit encore plus sous la main d'Erik. Le gamin allait devoir surmonter sa peur de tout gâcher. Il était maladroit, mais était bien mieux maintenant qu'il y a quelques années.

Le président s'assit et un faible grondement de voix remplit le bus. Erik s'adossa à son siège en essayant de se mettre à l'aise pour le voyage, ses genoux à l'étroit contre le dossier du banc devant lui. Même les bus adaptés aux loups étaient trop petits pour sa stature. Il soupira et ferma les yeux.

Lorsqu'il les rouvrit, ils étaient arrivés à Carmacks.

Il rassembla son équipe sur le côté de la zone de rassemblement, puis se recula pour bien regarder l'installation. Les canots étaient alignés le long du bord de la rivière, à vingt pieds du rivage. Erik observa ses adversaires avec un œil aiguisé, repérant les trois équipes qui seraient les plus compétitives dans cette épreuve.

TJ resta silencieux pendant que Jared plaisantait. Sans qu'elle dise un mot, Erik savait exactement où se tenait Maggie, se cachant derrière son dos, furetant autour de lui et des autres loups. Elle se débrouillait extraordinairement bien, sans paniquer. Pourtant, le groupe s'agrandissait de minute en minute. Toutes les équipes étaient rassemblées et leurs équipes de soutien placèrent les dernières fournitures en tas pour que les équipes les récupèrent, lorsque le coup de sifflet retentit.

Les bras s'enroulèrent autour de sa taille et il s'immobilisa, couvrant ses petites mains des siennes. Elle enfouit son visage dans son dos, son souffle chaud contre sa peau. De petits tremblements secouèrent son corps, et il se tordit, s'agenouillant pour l'enfermer dans son étreinte. Ils restèrent là un moment, à respirer l'air de l'autre. C'était tellement bien de la tenir.

Il l'embrassa doucement sur le front.

— Tu vas bien ?

— J'ai un peu envie de vomir, mais je n'abandonne pas.

Son annonce obstinée fit chanter son cœur. Ils allaient vraiment former un duo merveilleux, une fois qu'ils auraient réglé quelques problèmes mineurs comme son problème de métamorphose. Son refus d'accepter leur accouplement. S'assurer...

Jared leur donna un coup de coude, ce qui les sépara, avant de remettre deux gilets de sauvetage.

— Essaie de vomir par-dessus les plats-bords.

Maggie frappa Jared sur le bras.

— La prochaine fois, n'écoute pas une conversation privée. Si je dois vomir, je vomirai n'importe où cela me plaira. Compris ?

Choqué, Jared baissa la tête en signe de soumission. Maggie se redressa un peu et Erik cacha son sourire. Il semblait que son petit loup commençait à trouver sa place dans la meute.

Il se tourna pour s'assurer que TJ portait correctement son gilet de sauvetage. Le garçon jurait toujours de manière colorée, avec peu de répétitions.

— Est-ce que ton frère sait que tu es si doué pour les mots ?

— De qui penses-tu que je les ai appris ? Eh bien, lui et Robyn. Elle est terriblement douée pour jurer en langue des signes.

— Qu'est-ce qui ne va pas ?

— Je vais foutre ça en l'air. Je le sais. Je vais provoquer une catastrophe majeure.

— Pourquoi ?

TJ le regarda comme s'il lui avait poussé une troisième tête.

— Parce que je suis moi. Tu sais que je ne peux pas marcher vingt pieds sans me casser la gueule.

— Tu rebondis plutôt bien. Lève-toi et pose ton cul dans le bateau.

Il serra les sangles du gilet de sauvetage de TJ et ensuite recula pour les siennes.

TJ continua de le regarder.

— Comment peux-tu être si calme quand il y a des chances que je sois sur le point de tout gâcher pour nous comme je le fais toujours...

— Assez.

Erik laissa son pouvoir envelopper le jeune homme qu'il dominait.

— Je ne laisse personne dire des conneries sur toi, même pas toi. Fais de ton mieux. C'est tout ce que nous demandons. Si tu as un accident, répare-le de la meilleure façon possible.

La panique dans les yeux de TJ s'estompa légèrement.

Un sifflement perçant traversa l'air et l'équipe se rassembla autour d'Erik.

— D'accord, c'est l'avertissement de cinq minutes. Ce sont des canots de prospecteur à fond plat, ils sont donc agréables et stables. Je veux Jared devant, TJ et Maggie côte à côte au milieu. Je vais prendre la poupe et nous guider. Que pensez-vous d'aller chercher les bouées supplémentaires ? Oui ou non ?

— Je vais pagayer et garder mes fesses sur le siège. Je ferai tout ce que vous déciderez.

Maggie se mordit la lèvre.

— Les bouées sont-elles loin de notre chemin ?

— On dirait que nous pouvons à peu près nous en tenir au courant. Nous voudrons le faire de toute façon pour faire le meilleur temps. La route la plus rapide pour descendre la rivière n'est pas une ligne droite. Quand nous nous approchons des rochers, nous devrons rester à droite, exposa Erik.

Il regarda Maggie.

— As-tu déjà vu les rapides lorsque tu habitais à Whitehorse ?

— Si je l'ai fait, c'était il y a longtemps.

— Il y a quatre tours de granit qui divisent la rivière en cinq parties. L'extrême droite est la meilleure à traverser, mais l'essentiel est d'éviter les tours elles-mêmes et les canaux d'extrême gauche. Il y a des balayeurs sur la gauche et des courants sous-jacents désagréables là-bas. Quand nous nous approchons, suivez simplement mes instructions. Nous utiliserons les premières minutes dans le canoë pour balancer nos coups.

— Et les symboles ?

Jared s'agita sur place.

— Maggie, je veux que tu essaies de les mémoriser. Décris-les à voix haute quand tu les verras et nous essaierons tous de nous en souvenir, mais je ne veux pas que nous regardions tous les quatre ces fichues choses, ou nous serons dans le bouillon à coup sûr.

Le coup de sifflet final retentit ; il n'y avait plus de temps pour la discussion. Le coup de feu partit et ils s'éloignèrent, courant sur l'herbe pour attraper des pagaies. Ils sprintèrent sur le côté du canoë, le malmenant jusqu'au bord de l'eau. Jared sauta dedans, TJ tomba et Maggie, gracieusement, sauta par-dessus le bord alors qu'il les poussait dans le courant.

— Je déteste les chaussettes mouillées.

Jared se plaignit à l'avant du canoë.

— Tu ne portes pas de chaussettes.

— On y va. Entraînement. Tout le monde à droite.

Ils s'entraînèrent à manœuvrer le canoë jusqu'à ce qu'Erik pense qu'ils devraient au moins survivre au voyage. Le reste des concurrents s'installa dans un schéma autour d'eux. Il y avait deux canots seuls en tête, un groupe de six ou sept autour de l'équipe de Granite Lake et un autre groupe plus important derrière eux.

— Une bouée approche sur la droite, cria Jared.

Erik vérifia la rivière.

— Nous allons essayer pour celle-ci, et nous devons glisser davantage vers la gauche.

Trois autres canots virèrent tous dans la même direction,

et tout à coup la rivière devint bondée. Erik inclina leur embarcation, mais il était trop tard. Un canot les percuta à l'avant, un autre percuta le côté opposé.

— Merde.

La pagaie de TJ s'envola. Il parvint à attraper le siège. Le bateau se balançait.

La voix calme de Maggie s'éleva au-dessus des cris des autres équipes.

— J'ai vu le symbole. Nous pouvons y aller.

Ils s'éloignèrent du désordre des bateaux.

Une fois qu'ils furent de retour dans le courant, Erik tendit la main sous ses pieds et poussa TJ qui jurait dans le dos avec une pagaie de rechange.

— Tu manges avec cette bouche ? Tiens.

Le regard ravi sur le visage de TJ fit sourire Erik.

— Accroche-toi bien, d'accord ? Il ne nous reste plus qu'une pièce de rechange.

— Je pensais que tu allais décrire les symboles, Maggie ?

Jared lui jeta un coup d'œil par-dessus son épaule.

— Je me suis dit qu'au cas où quelqu'un ne le verrait pas, je ne devrais pas l'annoncer pour tous. Cela ressemblait à un chapeau de cow-boy avec un triangle en dessous.

La foule des bateaux se répandit lentement. Des groupes de deux et de trois pagayaient toujours les uns à côté des autres, mais avec chaque bouée, Granite Lake réussit à perdre un autre de ses concurrents les plus proches. Ils dépassèrent trois autres bouées avant qu'Erik ne décide que c'était suffisant.

— Les rapides sont après ce tournant. Concentrons-nous sur le fait de finir et ne nous soucions pas des derniers indices.

L'équipe resta silencieuse pendant un moment avant que Maggie ne parle.

— Je commence à être fatiguée.

Jared fut d'accord.

— Je vote pour finir. Si vous avez remarqué les canoës devant nous, aucun d'entre eux ne s'est arrêté pour obtenir des indices supplémentaires. Je pense que les quatre que nous avons vus sont suffisants.

Ils s'installèrent dans un rituel de pagayage. Il y avait une certaine joie à bouger ainsi en synchronisation avec le groupe. Pas aussi bien que courir en meute, mais avec un rythme et une beauté intéressants tout de même. Erik admirait les bras et les épaules de Maggie qui pagayait.

Il adorerait voir son corps bouger comme ça sur lui, se balancer d'un côté à l'autre.

Ce n'était pas le moment de se laisser distraire en pensant à sa compagne.

Il les dirigea vers le canal le plus sûr juste au moment où un grand chahut derrière eux le fit vérifier par-dessus son épaule.

Merde.

— Putain de merde ! T'as vu ça ? haleta Jared.

— Les yeux en avant, Jared. Tu dois t'en tenir à ta tâche de guetteur.

— Mais ils ont largué l'autre équipe !

Erik secoua la tête.

— Continuez à pagayer, équipage. Oui, nous avons un groupe qui essaie une méthode inhabituelle pour gagner des points. Concentrez-vous sur la rivière devant nous et laissez-moi m'inquiéter des tricheurs.

TJ et Maggie échangèrent des regards inquiets avant de pagayer follement.

— Waouh, pas de précipitation. Il suffit de ramer. Croyez-moi.

Erik rit silencieusement. Il se demanda quand quelqu'un deviendrait créatif. Les loups suivaient un code de conduite strict en matière de gouvernance. Cependant, l'une des sous-règles était que si vous étiez assez puissant, vous pouviez établir vos propres règles.

Un autre cri s'éleva derrière, et il regarda pendant un moment l'équipe de tricheurs s'approcher de leur prochaine victime et la faire basculer rapidement.

Erik envisagea une défense et décida qu'ils ne sauraient jamais ce qui les frappa.

— TJ, tu te souviens quand nous avons guidé cette réunion de famille sur la Stikine ?

— Tu plaisantes ? J'en ai encore des cauchemars... oh, non. Putain de merde, tu n'es pas sérieux... ?

— À mon signal.

— Merde. Oui, Monsieur.

— Erik. Que se passe-t-il ?

Maggie eut l'air effrayée et il voulut la rassurer, mais il n'en eut pas le temps. Dans la précipitation, l'autre canot fut à leurs côtés, trois de leur équipe prêts à saisir le côté de l'embarcation de Granite Lake.

— Maintenant ? demanda TJ, sa voix aiguë et grinçante.

— Attends mon signal.

Erik jeta un coup d'œil au capitaine à l'arrière. Il aurait dû savoir.

— Darren. Vous vous êtes bien amusés jusqu'ici ? Toi et l'équipe ?

Il n'y avait pas beaucoup de gens qu'Erik détestait, mais Darren était en tête de liste.

Le capitaine de l'équipe d'Anchorage sursauta au

commentaire fade d'Erik, puis sourit largement, ses canines apparaissant.

— Merveilleux moment. Nous vous verrons à la ligne d'arrivée, tout mouillés.

Erik haussa les épaules.

— Si vous insistez. Maintenant, TJ !

TJ bondit, ses longs membres le propulsant dans les airs et sur le côté. Il atterrit durement dans le bateau voisin.

Maggie poussa un cri aigu. Jared se projeta au fond du canot pour aider à le stabiliser. Erik se jeta également à terre, faisant claquer sa pagaie sur les jointures des membres de l'autre équipe où ils serraient les plats-bords.

Des cris de douleur retentirent, ils relâchèrent leurs mains. Dans un fracas, les bateaux s'écartèrent.

Le cri de colère de Darren fut suivi d'une énorme éclaboussure.

Erik, Maggie et Jared s'assirent lentement pour regarder l'équipe adverse patauger autour de leur embarcation chavirée. Leur canot s'était renversé. TJ s'accrochait au fond, ses bras et ses genoux écartés comme s'il était sous sa forme de loup. Erik ricana d'appréciation à l'expression de Darren jusqu'à ce qu'un changement dans le rugissement de l'eau l'alerte.

Ils se tournèrent tous pour voir les tours rocheuses s'approcher rapidement. Ils attrapèrent leurs pagaies et se remirent en place.

— Vire sur la droite, Maggie. Jared, en avant sur la gauche. Pas de panique, nous avons le temps.

— Et pour TJ ? demanda Maggie d'une voix inquiète.

— Il va probablement se mouiller. Fort ! Pagayez fort !

Erik évalua la distance jusqu'aux rochers qui s'approchaient. Finalement, ils étaient sur la bonne ligne. Bon. Ils avaient encore le temps.

— Retour à la pagaie.

La précipitation de l'eau les força à avancer, peu importe à quel point ils luttaient contre elle, mais il y avait suffisamment d'élan pour que le canot transportant TJ les rattrape.

Erik s'agenouilla sur le bas, les genoux écartés pour essayer de réduire le balancement.

— Quand je crie, accrochez-vous.

Il prit une profonde inspiration, tendit une main et attrapa le poignet de TJ.

— Maintenant !

D'un coup sec, TJ vola à travers l'espace entre les canots, ses bras et ses jambes s'agitant sauvagement. Il atterrit en tas devant Erik, à bout de souffle alors que l'autre canoë se renversait et se remplissait d'eau.

— Erik ! Jared cria un avertissement.

Il n'y avait pas le temps de faire autre chose que de ramasser sa pagaie et de la claquer dans l'eau. Erik se pencha violemment, utilisant la pagaie comme un gouvernail, les éloignant de la formation rocheuse qui approchait rapidement.

Jared poussa un cri lorsqu'un soudain contre-courant les fit passer devant les bords rocheux déchiquetés jusqu'à la sécurité du côté aval.

Ils s'assirent tous en arrière et laissèrent le courant les emporter, le canoë effectuant un cercle progressif à 360 degrés. Erik prit une inspiration apaisante et regarda le ciel. La montée d'adrénaline s'estompa, les battements de son cœur se ralentirent.

Une vive acclamation s'éleva des gens qui regardaient le long des plateformes d'observation : Granite Lake franchissait la ligne d'arrivée. Erik les amena dans la zone d'amarrage aménagée plus en aval de la rivière, plus que satisfait des efforts de son équipe.

Maggie et Jared sortirent les premiers, discutant avec excitation. Ils attendaient sur le quai qu'il les rejoigne. Il souleva Maggie et la fit tourner en rond, son cœur bondissant alors qu'elle lui donnait un gros baiser juteux puis s'accrochait à son cou, souriant de plaisir.

— C'était génial. Pouvons-nous le refaire ?

Il rugit.

— Je savais que tu avais un côté aventureux. Tu n'as même pas vomi.

Elle laissa tomber sa tête sur son épaule.

— Je ne suis pas contente d'être avec les autres loups, mais être avec toi, c'est de mieux en mieux. Je... t'aime bien, Erik. J'aime ton sens de la justice.

Sa confession le ravissait plus que de terminer un autre défi. Il la serra avant de la déposer avec précaution, gardant un bras autour de ses épaules pour la bloquer des autres équipes qui passaient.

Jetant un coup d'œil au fond du canoë, il trouva TJ toujours allongé là, les yeux fermés, un énorme sourire sur son visage.

Erik s'accroupit sur le côté du quai.

— Tu comptes venir avec nous ? Je peux envoyer chercher une pizza ou quelque chose comme ça si tu restes la nuit.

TJ ouvrit les yeux et laissa échapper un grand souffle de contentement.

— Non. Tu as très bien fait.

— Peut-être qu'il y a de l'espoir pour moi, après tout.

— Peut-être.

Erik se leva et tendit la main vers Maggie.

Elle plaqua une main sur sa bouche et ses yeux s'ouvrirent grand juste au moment où une forte éclaboussure retentit. Le canoë s'éloigna le long de la rivière, et TJ s'accrochait à la corde d'amarrage.

Il sautillait dans l'eau. Un énorme soupir lui échappa.

— Encore une fois, peut-être pas.

Darren et son équipe passèrent en trombe, leurs visages assombris. Le chef se tourna pour regarder Erik, son regard ratissant le corps de Maggie. Erik se plaça devant elle. Il ne voulait pas de cet idiot près d'elle. Pas après qu'elle eut si bien affronter ses peurs.

— Beau travail d'équipe, Erik.

Darren grogna.

— Tu vas me présenter à ta dame ?

Maggie se baissa sous son bras, son visage enfoui contre le flanc d'Erik.

— On dirait qu'elle n'est pas intéressée. Continue de marcher, il n'y a rien ici pour toi.

Darren haussa un sourcil, son regard passant entre Erik et le peu de Maggie encore visible.

— Intéressant. Nous vous verrons dans le prochain défi.

Ils s'éloignèrent d'un pas lourd, leurs corps ruisselants laissant une traînée derrière eux.

9
———

Maggie frappa à la porte de la chambre d'hôtel à côté de la sienne, son cœur battant assez fort pour qu'elle soit surprise qu'ils ne puissent pas déjà l'entendre se tenir dehors. Elle n'avait pas envie de faire ça, mais comme elle ne voyait pas d'alternative, elle allait se comporter en grande fille et se forcer à passer un bon moment. Si elle ne s'évanouissait pas d'abord à cause de ses nerfs en pelote.

Jared ouvrit la porte et siffla.

— Ben dis donc, tu t'es bien arrangée.

Maggie tourna en rond, les volants de sa jupe virevoltant autour d'elle. Maintenant qu'elle savait qu'il était sûr, Jared n'était pas plus dangereux qu'un golden retriever.

— Merci, gentil monsieur. Le reste de mon harem est-il prêt à m'escorter jusqu'au bal ?

Il renifla et lui fit signe d'entrer.

— TJ est toujours sous la douche, et Erik a disparu il y a trente minutes, disant qu'il avait besoin de prendre des trucs.

Maggie était assise dans le fauteuil rembourré dans le

coin de l'immense suite. Il y avait un bar derrière elle, un canapé confortable face à une immense télévision murale et un bureau sur le côté.

— Je ne peux pas croire qu'ils nous ont mis dans un hôtel cinq étoiles à Dawson City. Je n'ai jamais connu le genre de luxe que nous avons eu ces trois derniers jours.

— Quoi ? Ce n'est pas parce que nous sommes des loups que nous ne savons pas comment nous comporter dans la haute société.

Il redressa le col de sa chemise blanche et enfila une veste de costume. Maggie admira le résultat. Le garçon était une publicité ambulante pour *GQ*, style loup.

— Merde, peux-tu m'aider ? Je n'arrive jamais à le faire.

Elle lui écarta les mains pour nouer sa cravate.

— Ils nous font commencer par une randonnée à travers la nature sauvage, nous jettent dans le fleuve Yukon puis nous plantent à Dawson pour nous rafraîchir ? J'ai adoré les visites et dormir dans un vrai lit. Et la nourriture… oh, Seigneur, j'ai pris dix kilos.

— Je pensais qu'ils nous feraient tout de suite nous diriger vers le prochain défi.

Il recula pour se contempler dans le miroir.

— N'oublie pas que les Jeux sont l'équivalent loup des Jeux olympiques. Oui, nous voulons tous faire de notre mieux, mais il y a aussi la bonne volonté entre les meutes. C'est une chance de montrer que nous pouvons être ensemble sans déclencher de guerres territoriales comme au bon vieux temps.

Maggie s'effondra dans le fauteuil.

— Jared… j'avoue. Vous, les gars de la meute Granite, ne ressemblez à aucun des loups que j'ai rencontrés auparavant.

TJ sortit de la salle de bain, complètement nu, dégoulinant d'eau et chantant dans une brosse à cheveux à pleins poumons.

Jared le regarda pendant un moment avant de se tourner vers Maggie, un sourcil levé.

— Tu disais ?

Elle éclata de rire. Jared se joignit à elle et tous deux cherchèrent de l'air. TJ se tenait au milieu de la pièce, une expression confuse sur le visage.

— Quoi ?

La porte principale s'ouvrit et Erik entra, observant TJ alors qu'il faisait les cent pas autour de lui.

— Tenue intéressante. Tu as opté pour le look super formel.

— Ah, ah.

TJ enroula une serviette sur son corps puis considéra Erik dans son jean et son T-shirt.

— Qu'est-ce qui t'arrive ? Ce n'est pas ta tenue habituelle en cravate noire.

— Non.

Maggie se leva pour examiner Erik de plus près. Ces derniers jours, il avait été à ses côtés toute la journée, l'emmenant en tournée, lui achetant des bibelots dans les boutiques de souvenirs, la protégeant quand trop de loups se pressaient autour. Il l'embrassait pour lui souhaiter bonne nuit devant sa chambre d'hôtel et la quittait. La laisser souffrir, attendre, et elle était prête à déchirer ses vêtements de gladiateur ici et maintenant pour assouvir ses envies.

Cette histoire de partenaire devenait sérieusement incontrôlable.

Il fit un clin d'œil.

— Je pensais que Maggie et moi sauterions le dîner officiel. Vous y allez tous les deux en tant que représentants de Granite Lake.

Le soulagement l'envahit, le mal de tête l'arrière de sa nuque disparut d'un seul coup.

— C'est ce que tu veux dire ?

Il montra le panier qu'il avait laissé tomber sur la table basse.

— J'ai fait une descente dans la cuisine. Pique-nique privé pour deux, ça sonne bien ?

Elle se jeta dans ses bras et enfouit son visage dans son cou. Elle inspira profondément, son parfum remplissant sa tête et calmant ses nerfs.

— Merci, murmura-t-elle.

Il avait su. Il avait compris qu'elle ne supporterait pas une pièce pleine de loups étrangers.

Quelqu'un s'éclaircit la gorge. Elle ne s'accrochait pas seulement à Erik, elle avait enroulé ses jambes autour de sa taille et elles étaient intimement pressées l'une contre l'autre. Non pas qu'elle fut gênée — les loups étaient assez francs sur le sexe — mais si elle ne bougeait pas bientôt, ils feraient un spectacle, et elle voulait vraiment être seule avec lui.

Erik l'abaissa prudemment, effleurant ses jointures contre sa joue avant de lui prendre la main.

— Les garçons, je m'attends à ce que vous ayez un meilleur comportement. Je ne veux pas être rappelé chez Diamond Tooth Gertie et découvrir que vous vous êtes battus.

Jared fit un clin d'œil.

— Ce soir, je suis un amant, pas un combattant.

— As-tu vu le poussin de l'équipe norvégienne ? Waouh. Je me réserve celui-là.

Maggie se tint fermement à Erik. Il la conduisit hors de la pièce, dans le couloir richement décoré.

— Allons-nous avoir des ennuis si nous n'y assistons pas ?

— C'est un événement optionnel. Les gars passeront un bon moment, il y aura beaucoup de sexe et une équipe sera expulsée pour avoir tenté de déclencher une bagarre. C'est une habitude quand on rassemble un grand nombre de loups.

Oh, Seigneur, maintenant elle était encore plus heureuse de ne pas avoir à y assister.

Ils marchèrent tranquillement sur la promenade en bois historique, Maggie respirant de longues et lentes bouffées d'air frais. Au-dessus d'eux, le ciel restait brillant du jour.

Erik remarqua qu'elle regardait vers le haut.

— Nous avons voyagé assez loin au nord, le coucher du soleil n'arrivera qu'après minuit.

— J'ai raté cette partie du Nord. Avant de déménager de Whitehorse, j'adorais rester éveillée tard et courir...

Sa gorge se serra et il lui prit les doigts. Il la mena dans les arbres et remonta un chemin étroit. Au moment où ils sortirent au-dessus de la ville, elle pouvait à nouveau respirer.

Margaret regardait les rues étroites nichées contre le fleuve Yukon, les collines de l'autre côté montrant encore les cicatrices des années de dragage. Les machines massives avaient suivi les mineurs à main, ramassant des couches de roche et de terre pour déplacer chaque morceau d'or, laissant des morceaux de gravats dans leur sillage.

C'était elle.

Cicatrisée. Battue et déchirée jusqu'à ce qu'il ne reste plus rien de valeur. Du moins, c'est ce qu'elle avait ressenti avant de rencontrer Erik. Elle soupira. Si seulement c'était aussi simple que de raser les rochers au bulldozer et de planter des fleurs pour couvrir les cicatrices de son cœur.

— Nous devons gérer cela ce soir. Je suis presque sûr que le prochain défi va nous obliger à changer. Il faut qu'on parle.

À ces mots, Maggie laissa éclater sa colère.

— C'est à propos de moi qui suis capable de changer ? Pour les Jeux ?

— Non. Je sais que tu as peur, mais n'essaies pas délibérément de transformer cela en combat pour éviter de me parler. Je t'ai donné du temps et de l'espace. Je veux ce qu'il y a de mieux pour toi et je m'en fous si jamais tu te transformes en loup.

Il la fit pivoter et lui serra le menton, ses yeux sombres cherchant les siens intensément.

— Je refuse de rester les bras croisés et de te laisser affronter demain sans y être préparée. Si j'ai raison, des dizaines de loups t'entoureront. Je ne te permettrai pas d'entrer dans ce genre de situation sans que j'essaie de te débarrasser un peu de tes peurs. Tu m'as demandé d'attendre avant de te rejoindre, et même si ça a été l'enfer, j'ai attendu. Mais ne me demande pas de ne pas être ton partenaire, de ne pas te protéger quand je le peux. Parce que je ne le ferai pas. Mon loup ne me laissera pas faire, et mon sens de la morale non plus.

Elle trembla. Pour la première fois, elle était avec quelqu'un de plus fort qu'elle en qui elle pouvait avoir entièrement confiance. La douleur dans son âme la poussait à continuer.

— Tu ne le diras pas à Missy ?

Il recula de surprise.

— Elle ne le sait pas ?

— Elle en connaît une partie, mais...

La honte la couvrit. Sa propre sœur avait souffert à cause de la faiblesse de Maggie.

Il étendit la couverture qu'il avait apportée, s'assit et la tira sur ses genoux. Poser sa tête contre son torse, ne pas le regarder dans les yeux, lui rendait la parole plus facile. Elle réfléchit un instant, puis raconta son histoire.

— Je ne sais pas pourquoi nous avons quitté White-horse. Maman et papa sont morts avant que j'obtienne une vraie réponse d'eux, mais Missy et moi avons toujours pensé que cela avait quelque chose à voir avec notre nouvel Alpha à Whistler. Il faisait planer la menace au-dessus de la tête de papa. Une fois que nous étions dans la meute à Whistler, aucun d'entre nous n'avait d'échappatoire. L'été de mes dix-sept ans, Missy en a eu vingt et un. Notre Alpha voulait qu'elle épouse son frère. Il essayait de prendre le contrôle de ses compétences Omega, mais nous ne le savions pas, à l'époque. Missy savait que Jeff n'était pas son compagnon et elle a refusé. Alors ils...

Elle frissonna et s'enfouit plus profondément dans ses bras comme si sa présence pouvait la protéger des souvenirs.

— Ils sont venus après toi ?

— J'ai couru. Je me suis cachée en tant qu'humaine et quand ils m'ont trouvée, je me suis déplacée et j'ai couru à nouveau. Il y en avait six ou sept, et chaque fois que je bougeais, il y avait quelqu'un sous cette forme pour me tourmenter. Ils m'ont frappée.

Sa voix se brisa.

— Ils m'ont fait mal.

Le corps d'Erik se contracta sous elle, l'indignation et la colère se déversant sur lui et formant un mur protecteur autour d'eux. Rien ne pouvait l'atteindre. Il caressa ses cheveux en silence pendant un moment, son cœur battant sous son oreille.

— Est-ce qu'ils t'ont violée ?

Il parlait doucement, délicatement.

— Je ne sais pas !

Elle se tortilla pour le regarder.

— Cela semble tellement stupide, mais je ne m'en souviens pas. Je peux les sentir me saisir — mon corps humain — et me jeter par terre. Je me suis déplacée, et puis il y avait des loups au-dessus de moi, essayant de monter sur moi. J'ai reculé et ils m'ont ouvert.

Elle souleva son chemisier et se tordit pour lui montrer les cicatrices le long du bas de son dos et de ses hanches.

— J'ai changé tellement de fois en peu de temps que je me suis évanouie, épuisée par l'effort. La prochaine chose dont je me souviens, c'est d'être à la maison au lit, et Missy me disant qu'elle était fiancée à Jeff. Papa avait fait des promesses à l'Alpha, elle était furieuse. Je n'ai jamais dit un mot, mais je sais que c'est de ma faute si elle s'est retrouvée dans ce mariage. Papa l'a vendue pour me sauver.

Elle pensait qu'elle avait déjà pleuré toutes les larmes de son corps. Elle pensait que le puits était à sec et qu'elle n'avait plus qu'une pierre froide en guise de cœur. Dans les bras d'Erik, son odeur l'entourant, elle trouva des chagrins auxquels elle n'avait jamais réalisé qu'elle s'accrochait encore. De grands sanglots la secouèrent jusqu'à ce qu'elle soit à bout de souffle.

Erik la berça, la caressa, sa présence l'embrassant encore plus que ses bras. Il versa de l'amour sur elle, de l'acceptation. Sa colère qui bouillait en dessous ne l'effrayait pas.

Elle poursuivit, un frémissement dans sa voix.

— Je suis partie juste après et je ne suis jamais revenue. J'ai travaillé des étés et j'ai fréquenté l'UBC et je ne suis jamais devenu un loup. Missy et moi sommes restées en contact par e-mail et par téléphone, surtout après la mort de maman et papa dans un accident de voiture, mais j'ai refusé de retourner à Whistler. De temps en temps, je voyais des membres de la meute traîner en dehors de mes cours, comme s'ils me suivaient.

Elle frissonna.

— Une fois, ils ont essayé d'entrer dans l'appartement que je partageais avec Pam, mais je lui ai dit qu'ils étaient des cousins que je ne voulais pas voir, et elle s'en est débarrassée.

— Je savais qu'il y avait raison pour laquelle je l'aimais.

Elle renifla et essuya ses yeux larmoyants.

— Oui, eh bien, elle pense que tu es un peu bizarre. Tu sais, c'est la meilleure amie que j'aie jamais eue. Courageuse et loyale, intrépide et amusante, tout à la fois. Si souvent, je voulais lui parler à propos de mon loup, mais je ne pouvais pas. Je ne pouvais pas risquer qu'elle me quitte.

Erik lui tendit un mouchoir et elle s'essuya le visage. Elle se lova dans ses bras, son réconfort guérissant sa douleur. Ils restèrent assis ensemble un long moment, Erik lui frottant le dos et lui murmurant des phrases étranges. Elle n'avait aucune idée de ce qu'il disait, mais les mots l'apaisèrent, apaisèrent son cœur meurtri.

— Je peux comprendre pourquoi être entourée de loups te fait peur. Non seulement ton Alpha était une pourriture de salaud, mais toute la meute était malade.

Maggie passa une main sur son avant-bras pour caresser ses biceps. Le toucher la faisait se sentir tellement mieux.

— Je suis surprise que tu ne proposes pas d'aller leur arracher la gorge.

— Oh, j'y pense. Mais ton beau-frère, Tad, a déjà tué l'Alpha qui a tout déclenché. Ce que je prévois en représailles pour les péchés des autres, tu n'as pas à le savoir.

Elle s'assit rapidement.

— Tu ne les poursuivras pas.

— Ils t'ont blessée, tu es ma partenaire. Il y aura des comptes à rendre.

— Je ne te l'ai pas dit pour que tu partes tête baissée tuer des gens.

Erik haussa un sourcil.

— Les tuer. D'accord, j'avais d'autres choses en tête, mais maintenant que tu en parles...

— Arrête ça. C'est arrivé il y a longtemps. Cela fait sept ans.

— Pourtant, tu en souffres toujours. On dirait que j'ai des raisons de les faire souffrir.

Elle ouvrit la bouche pour parler, mais.... *Putain, putain, putain.*

Il avait raison.

Une ampoule s'alluma dans son esprit, et elle se revoyait dans la pièce, les loups l'attaquant toujours. C'était comme si elle avait verrouillé la porte et ne les avait jamais laissés partir.

Elle fit les cent pas vers les arbres voisins, aux prises avec cette révélation. Elle avait subi des années de douleur mentale et de confusion. La solitude comme seul un animal de meute séparé de sa famille peut en faire l'expérience. Même la faiblesse physique causée par l'enfermement de son loup...

Rien de tout cela n'avait été nécessaire.

Elle se tourna pour lui faire face. Son doux géant, le fixant avec amour dans les yeux, inquiétude et colère en guerre dans son cœur. Était-ce la connexion de partenaire qui le rendait capable de briser les murs et de l'aider à se libérer ?

Soudain, elle sut en partie ce dont elle avait besoin.

Lui.

Deux pas en avant la ramenèrent là où il était assis.

— Ce n'est pas à propos d'eux, c'est à propos de moi.

Il bougea pour parler et elle leva la main.

— Non, attends et écoute. C'est vrai, j'ai encore mal. Je n'ai pas vu de loups pendant des années. Je n'ai pas rendu visite à ma sœur en personne et je n'ai pas pu me tourner vers mon loup depuis une éternité. Ils m'ont volé une partie de moi et je les ai laissés faire. Ah merde, je les ai laissés.

— Maggie... non, ne te blâme pas. C'étaient eux qui avaient tort. Tu n'as rien fait pour mériter ça.

— Ne vois-tu pas ? C'est ce que je dis, j'ai senti que je le méritais. C'était ma faute si Missy était piégée, alors j'ai laissé mon loup aussi se faire piéger en guise de punition. Oh putain, j'ai été tellement stupide.

Erik ferma les yeux, et elle sentit la montée de son pouvoir la submerger. Elle haletait à la profondeur de celui-ci, la richesse de la sensation imprégnant ses pores. Lorsqu'Erik ouvrit les yeux, il tendit la main et elle la saisit comme une bouée de sauvetage.

— Maggie, je ne sais pas quoi dire. Mon plan brillant pour te montrer mon loup et essayer d'apaiser tes peurs semble une solution banale et enfantine. Je sens la force en toi. Ton loup est puissant et il veut t'aider à traverser cette épreuve. Ton cœur est si fort, mais tu as utilisé ta force pour porter un fardeau qui n'était pas le tien. Je pensais ce que j'ai dit à propos de ne pas se soucier de te changer. Seulement, je détesterais le voir piégé pour toujours alors qu'avec lui, tu peux être à nouveau heureuse. Vraiment heureuse.

— Donc, si demain est un défi réservé aux loups, que feras-tu ? chuchota-t-elle.

— En ce qui me concerne, nous pouvons rentrer à la maison. C'est un jeu, ce dont tu parles, c'est de la vraie vie.

— Non ! Si nous rentrons à la maison, c'est une autre

chose qu'ils m'auront volée. Des garçons et de la meute. Pas plus. J'en ai assez qu'ils me prennent la vie. Je veux concourir et je veux remettre ma vie sur les rails.

Les larmes remplirent à nouveau ses yeux. Elle tomba à ses pieds et serra ses grandes mains dans les siennes.

— Aide-moi.

Erik passa son pouce sur ses jointures.

— Je suis d'accord, tu dois reprendre le contrôle de ta vie, mais Maggie...

Il prit son visage dans sa main.

— Tu as récupéré ta vie. Depuis que tu es revenue dans le Nord, tu as pris les choses en main et apporté des changements. Si tu ne peux pas tout terminer en quelques jours, tu es toujours sur la bonne voie. Ils ne gagnent plus. C'est toi qui contrôles le jeu. D'accord ?

Son cœur bondit. C'était vrai.

— Le solstice d'été, c'est demain. Je pense que cela devrait aider.

Il enleva sa chemise et elle saliva. Des muscles fermes la tentaient, la distrayaient des montagnes russes émotionnelles qu'elle venait de traverser. Le désir pressant de faire courir sa langue sur son corps chassa toutes les autres pensées.

Comment avaient-ils résisté à terminer leur accouplement ? C'était une pierre de plus à jeter aux pieds de ses bourreaux.

— Je n'ai aucune idée de la façon dont cela est censé aider mon loup, mais bon sang, ça va.

Il rit.

— Tu baves.

Elle s'essuya la bouche en réponse, rougissant quand il rit à nouveau.

— Taquin.

— J'aime ton regard.

— Tu es bien plus beau que TJ. Du moins, pour moi.

Erik tapota la couverture à côté de lui.

— Je pensais que je me métamorphoserais, mais je veux que tu sois sûre de comprendre que c'est moi, quelle que soit la forme que je prends. Si je t'effraie, dis-moi simplement de reculer et je le ferai.

— Je côtoie le loup de TJ depuis trois jours.

— Chérie, je déteste te le rappeler, mais TJ est jeune et pas aussi puissant que toi. Il n'est pas non plus aussi gros que moi. Lorsque nous aurons un défi de métamorphes, il y aura peu de loups de ma taille. Si tu peux être à l'aise avec moi, c'est la première étape.

— Logique.

— Touche-moi.

Elle fit courir ses mains sur sa poitrine, sur tous ces muscles durs et cette peau tendue, se penchant plus près pour effleurer ses lèvres. Le frisson de la connexion la secoua au plus profond même si leurs lèvres restaient douces et suaves. Elle prit son temps, suivant les tatouages sur ses épaules et ses bras, effleurant les cheveux raides de sa tête. Elle caressa son abdomen de ses mains, contournant son érection.

Ô ciel. La distraction à son comble.

— Je pense que je devrais changer maintenant.

Elle hocha la tête, incapable de détacher ses yeux de la preuve de combien il la désirait vraiment.

— Maggie, tu m'as entendu ? Je vais me transformer.

Une traction sur son bras lui fit ramener son regard sur son visage. Erik arborait un immense sourire.

— Bien que ce soit une très belle expression que tu as en ce moment.

— D'accord, Wolfman, laisse-moi t'applaudir.

Une lumière scintillante clignota, transposant des images enregistrées sur ses rétines, et Erik fut allongé sur la couverture, toutes griffes dehors, fourrure noire et dents, et pendant une seconde terrible, son cœur s'arrêta. Elle ferma les yeux et le sentit. C'était toujours Erik. Toujours la même sensation de puissance qui s'échappait de lui, le même amour et bienveillance projetés. La douceur mêlée à son incroyable force.

Entre eux deux, il n'y avait rien qu'ils ne puissent accomplir.

Soudain, c'était tout ce dont elle avait besoin. Le mur final tomba.

— Changer. J'ai besoin de... je veux...

Elle attendit, tremblante de fièvre qui coulait dans ses veines. Son chemisier s'enleva d'un seul mouvement, sa jupe et ses sous-vêtements volant derrière lui. Il se changea à nouveau son corps solide se reformant jusqu'à ce qu'il s'allonge sur la couverture, nu. Elle bondit sur lui, dans ses bras, les larmes coulant de ses yeux.

— Qu'est-ce qui ne va pas ? Je suis désolé, je ne voulais pas te pousser trop vite. Tu n'as pas à changer. Maggie ? Pourquoi es-tu nue ?

Elle scella sa bouche à la sienne, volant ses mots, prenant sa réponse. Elle le voulait. Elle avait désespérément besoin de lui, et rien ne pouvait l'arrêter.

Il les retourna, s'arrêtant avant de la couvrir. Il emmêla ses doigts dans ses cheveux, sa langue caressant et dansant avec la sienne. Le vent faisait bruisser les feuilles au-dessus d'eux, des tourbillons de son pouvoir s'enroulant autour d'elles. Le battement palpitant entre ses jambes s'accéléra lorsqu'il fit glisser une main le long de son corps et prit sa poitrine dans la paume de sa main.

Quand il se retira, ils cherchèrent de l'air. Il passa son

pouce sur la peau tendre de son mamelon, tournant encore et encore alors qu'il la fixait dans les yeux.

— Es-tu sûre ? Ne te méprends pas, je t'aime et je te veux, mais j'attendrai que tu sois prête. Ne fais pas cela pour essayer de convaincre ton loup de se lever. Ne fais pas ça à moins que tu le penses vraiment.

Maggie porta ses mains pour bercer son visage. Il était si grand qu'il était facile d'oublier à quel point il était tendre. Son loup dansa à l'intérieur, attendant d'être libéré. Mais avant de le laisser sortir, il voulait faire plaisir à la femme.

— Le truc du partenaire ? C'est là, je sens l'alchimie entre nous. Mais ma tête dit aussi je t'aime. Mon loup t'aime. Et maintenant, nous devons arrêter de parler. J'ai besoin de toi à l'intérieur de moi. S'il te plaît.

Il ferma les yeux, le visage tendu par un désir contenu.

— Je ne voulais pas que cela se produise ici. En pleine nature, pas de lit moelleux. Je voulais que ce soit spécial.

Elle lui gifla l'épaule.

— Merde, *c'est* spécial. C'est toi et moi, et c'est...

Il se pencha pour la consommer.

10

Une peau douce et chaude sous sa bouche, son parfum remplissant sa tête. S'il n'avait jamais vu un autre lever de soleil, le simple souvenir de ce moment — sa compagne l'acceptant — le garderait au chaud pour le reste de sa vie.

Elle caressa son corps, ses petites mains contre son torse, par-dessus ses épaules. Son contact le taquinait et le tourmentait et il glissa une ligne de baisers le long de son torse, en partie pour reste concentré sur elle sans être distrait. Il prit ses seins dans ses paumes, la peau sombre de ses mamelons se plissa alors qu'il les léchait. D'abord l'un, puis l'autre, jusqu'à ce que Maggie halète et se torde sous lui.

— J'aime la façon dont tu me goûtes.

Il lécha son nombril et elle éclata de rire, son torse tremblant.

— Tu parles trop.

— Hmm, tu penses ?

— Oh. Oh. Oh, oui…

Erik sourit contre son abdomen, sa langue traçant des cercles paresseux autour du nœud rigide de son clitoris. Il continua son assaut, sa langue et ses doigts la jouant comme un instrument, tantôt rapides, tantôt plus lents. Les sons de plaisir qu'elle produisait changeaient avec son tempo jusqu'à ce qu'elle se resserre autour de ses doigts, sa gaine serrant les deux doigts qu'il avait enfouis dans ses profondeurs.

Encore et encore, il la lapait, soulevant ses hanches pour la rapprocher de sa bouche avide. La connexion entre eux devenait plus forte au fur et à mesure qu'ils se touchaient, et le contrôle qu'il avait enroulé, serré comme un tire-bouchon, commençait lentement à s'effilocher. Le destin voulait qu'ils soient ensemble, mais après avoir entendu ses aveux, il l'admirait plus que jamais. Elle était courageuse et brillante, et elle le rendait fou.

— Erik !

Il immobilisa sa main là où il avait passé la main sous ses hanches pour caresser ses joues. Un léger reflet de sueur brilla sur sa peau et alors qu'elle était allongée devant lui, son corps tremblant d'un autre orgasme, il n'avait jamais eu une vue plus belle.

— Je t'aime.

Il abaissa ses hanches sur la couverture et rampa sur elle, ayant besoin de goûter à nouveau ses lèvres. Elle s'accrocha à son cou et tenta de rapprocher leurs corps. Il rit contre sa bouche, craignant de l'écraser avec son poids. Elle se cambra sous lui, frottant leurs torses ensemble, attisant ses feux plus chauds. L'humidité de son entrejambe peignit sa peau et il gémit. *Je dois y aller doucement.* Peu importe combien il voulait s'enfoncer en elle, s'enfouir dans sa douceur. Il l'embrassa, ancré sur ses coudes pour les séparer.

— Tu es trop grand.

— Je ne te touche même pas encore.

Elle éclata de rire et le poussa jusqu'à ce qu'il se redresse.

— Rien à voir avec ton ego, n'est-ce pas ?

Elle chevaucha ses cuisses, ses seins écrasés contre sa poitrine, son intimité alignée correctement avec son membre douloureux.

— Missy s'est demandé si nous devions...

— Je ne veux vraiment pas parler de ta sœur pour le moment. Oh, putain, Maggie.

Elle s'avança au-dessus de son gland et le chevaucha lentement. Chaque mouvement de ses hanches l'amenait plus loin dans son corps, le fermoir serré de sa gaine s'enroulant autour de lui comme un coin de paradis. Il soutint ses hanches et l'aida, observant attentivement son visage.

Elle embrassa sa poitrine alors qu'elle s'installa, toute sa longueur enfouie à l'intérieur.

Il passa ses doigts dans ses cheveux, attirant son regard vers le sien.

— Ensemble. Comme nous sommes censés l'être.

Un sourire malicieux éclaira son visage et elle attrapa ses épaules, soulevant ses hanches jusqu'à ce que son membre se présente à son ouverture. Elle tomba, douce et rapide, dure et incroyable. Des picotements électriques commencèrent dans sa colonne vertébrale et s'étendirent de ses doigts à ses bourses. Il n'y avait aucune chance qu'il dure. Pas après avoir attendu presque deux semaines, la voulant désespérément tout le temps.

Elle se frottait contre lui à chaque mouvement, leurs corps glissant dans la chaleur de la nuit. L'expression de son visage le fascinait et il la fixait alors qu'il subissait son doux assaut sur sa verge. Elle se mordit la lèvre inférieure, son souffle sortant en halètements.

— Plus. Je veux plus.

Ses pensées résonnaient dans son esprit et il fredonnait de plaisir.

Il tendit la main pour partager son amour, sa passion pour elle. Comme il était fier de sa force. Comme il était touché par sa volonté de lui faire confiance. Leurs corps s'enchevêtraient tandis que leurs esprits s'enchaînaient.

Elle cria, venant autour de lui, et il lâcha son contrôle. Enfermés ensemble, ils se délectèrent tous les deux de l'explosion exquise. Il la serra contre lui alors que des soubresauts la secouaient, la chaleur de leurs corps se répandant comme un cocon autour d'eux.

Erik ? Est-ce que ça se passe vraiment ?

Oh oui, ma chérie. C'est réel et c'est juste.

Il repoussa une boucle de son visage, se penchant plus près pour l'embrasser à nouveau. Le sentiment d'exhaustivité était tellement incroyable. Toutes les parties manquantes de son âme se remirent en place alors que les souvenirs du passé et les rêves pour l'avenir passaient entre eux.

La connexion d'accouplement les liait. Tout ce à quoi il aspirait, le rendant complet, était finalement arrivé. Il l'embrassa sans s'arrêter, le besoin de lui montrer son amour total et son engagement le submergeant.

Elle sourit contre ses lèvres, leurs langues dansant ensemble, une exploration douce et satisfaite maintenant que le feu s'était allumé.

Je t'aime.

Il embrassa ses paupières et le bout de son nez, et elle éclata de rire.

Tu parles trop.

Il rit, lui caressant le dos, appréciant la façon dont elle se blottit contre lui, chaleureuse et comblée.

Erik ? Je t'aime aussi.

Comment se sentir si merveilleux pouvait-il lui faire mal au cœur ?

Sa colère contre ce qu'elle avait vécu continuait à mijoter. Il lui faudrait longtemps avant qu'il puisse oublier à quel point elle avait été brisée par l'attaque. Son pouvoir de loup monta d'un cran et elle se tordit dans ses bras. Elle le fixa, la détermination inscrite sur son visage.

Il lui envoya l'acceptation de qui elle était, de ce qu'elle était, non seulement à lui, mais aussi à la meute.

Tu n'as pas encore à le faire.

Elle haussa un sourcil.

— Peur qu'elle vous dépasse ?

Il la sentit. Alors qu'elle descendait profondément et appelait sa louve, la joie déborda de son cœur. La solitude douloureuse d'avoir été forcée pendant tant d'années fut emportée. Maggie recula devant lui, ses yeux brillants observant attentivement.

— Je suis contente que tu sois là. Je suis contente que nous soyons ensemble pour cela.

Alors qu'elle tendait les mains vers le ciel, un rayon de soleil de minuit traversa les arbres pour faire briller sa peau. Erik s'agenouilla en avant pour se réjouir alors qu'elle marchait vers lui en loup, son pelage argenté brillant de santé. Elle se pencha en avant, sa queue remuant de plaisir, et il éclata de rire.

— Allons-nous courir, mon pote ?

Son loup était impatient de rencontrer son homologue. Ils restèrent nez à nez pendant un moment, partageant leurs cœurs sous forme de loup. Erik partit en courant, laissant Maggie le suivre jusqu'à ce qu'ils atteignent l'autre côté de la colline. Il s'écarta et elle prit les devants, sa joie dans son loup traînant derrière elle comme un arc-en-ciel brillant.

Il rejeta la tête en arrière et hurla, faisant savoir au

monde entier ce qu'il vivait. Il avait sa compagne, ils étaient ensemble. La vie ne pouvait pas être mieux que ça.

— Je ne peux pas le croire. Tu n'avais pas changé depuis sept ans ? Mince. Quelqu'un a besoin de se faire botter les fesses.

Jared regarda au loin et TJ grogna en signe d'accord.

— Les mecs. Gardez votre testostérone dans votre pantalon. Je ne vous ai pas parlé de mon problème pour vous exciter.

Les deux loups des jeunes hommes planaient sous la surface, enragés pour elle. Elle testa sa peur à la proximité d'autres loups, mais il n'y avait rien. Juste une assurance calme imitant Erik comme une bouée de sauvetage. Renversant la tête en arrière, elle lui envoya un baiser.

— *Merci de m'avoir laissée faire à ma façon.*

— *Bien sûr, mais tu ferais mieux de finir avant qu'ils ne changent sans le vouloir. Jared en particulier est vraiment énervé. Vous avez un admirateur dont je dois m'inquiéter ?*

Elle lui donna un coup de coude dans le ventre.

— Je pensais que vous, les garçons, aviez besoin de savoir. Hier soir, je me suis transformée, et c'était magnifique. En revanche, je ne sais toujours pas comment je me sentirai face à un groupe de loups étrangers. Je ne veux pas que tu te fâches si je panique. Avec la connexion entre moi et Erik, je pense que j'ai la force, mais tu es aussi de ma meute maintenant, et je te fais confiance pour m'aider.

TJ sourit à Jared.

— Je te l'avais dit.

— Oui, oui. M. Renifleur et son Nez Magique ont parlé. Hé, félicitations pour le truc de partenaire !

Jared lui fit un clin d'œil avant de se lancer dans un énorme bâillement.

Elle rit.

— Je suppose que tu as passé un bon moment hier soir avec Miss Norvège ?

Jared lança un regard noir à TJ qui s'éloigna de quelques mètres.

— Eh bien, l'un de nous s'est bien amusé.

Le rire grondait dans son dos.

— TJ ? Tu as volé la femme de Jared ? Encore ?

Maggie s'étouffa.

Il réussit à avoir l'air coupable. Il haussa les épaules.

— Y suis-je pour quelque chose si les filles aiment toutes les outsiders ?

Une cloche tinta fortement au loin.

— Voilà l'appel. Laissez tout dans la pièce. Ils ont dit qu'ils nous ramèneraient ici une fois l'événement terminé.

Ils étaient tous rassemblés sur la ligne de départ. Maggie garda Erik entre elle et le reste de la foule sans même y penser. Après tant d'années d'évitement, elle n'allait pas pouvoir changer ses habitudes du jour au lendemain. Elle fit un pas en avant et surprit Erik en train de lui sourire.

— *Bravo, mon amour.*

Elle leva un peu le menton et se tourna pour écouter le Marshal des Jeux.

— Nous commençons l'événement ici plutôt qu'en ville pour le bien des humains. Nous tenons à vous remercier tous pour la retenue dont vous avez fait preuve hier soir à Dawson. Il n'y a eu que quelques commentaires ce matin dans les cafés locaux à propos d'observations inhabituelles de loups, vous semblez donc avoir réussi à garder le contrôle lorsque vous étiez à proximité de téléphones portables et d'autres appareils d'enregistrement.

Jared donna un coup de coude à TJ, et les deux ricanèrent.

— *À ton avis, de quoi s'agit-il ?* demanda Maggie.

— *Je ne veux pas le savoir.*

— Le défi d'aujourd'hui est une course à pied. Traverser le pays en direction de la Dempster Highway. Nous avons une boucle à travers les montagnes Tombstone, pour finir au camping Tombstone. Tous les campeurs sont à nous et nous avons fermé la zone à la chasse pour des raisons de sécurité. C'est un sprint pour vos loups. Aucun point bonus disponible. À la fin de cet événement, nous calculerons les scores et annoncerons le classement. L'événement final aura lieu dans deux jours.

Autour d'eux, des équipes se déshabillaient et se déplaçaient. Maggie les regardait avec une fascination morbide, se demandant quand le sentiment d'horreur s'insinuerait en elle.

Il ne vint jamais. Ce n'étaient que des loups.

Elle se dirigea hardiment vers l'équipe la plus proche, secouant la main d'Erik.

— Je dois le faire.

Ses adversaires la regardèrent avec méfiance alors qu'elle s'avançait au milieu d'eux et se tenait là.

Rien. Ils n'étaient que... des loups.

Elle rejeta la tête en arrière et éclata de rire. La joie renaissait.

— *Tu veux venir nous rejoindre, mon amour ? Je pense que tu fais peur à nos adversaires, et ce n'est pas très fairplay.*

Oui, il avait raison. Elle salua poliment le capitaine de l'équipe avant de sauter dans les bras d'Erik.

— Je peux le faire.

Il lui tapota la joue.

— Je savais que tu le pouvais. Maintenant, déshabille-toi, petit loup, et allons courir.

Se déshabiller était libérateur. Voir l'admiration dans les yeux de son compagnon lui apporta encore plus de plaisir. Le fait de se déplacer était presque orgasmique. La nuit dernière, elle s'était trop inquiétée de ne pas pouvoir changer, elle avait raté l'impressionnant élan physique.

Aujourd'hui, elle le vivait pleinement.

— *Est-ce que tu vas faire ça chaque fois que tu changes ? Parce que, putain de merde, c'était chaud...*

Erik lui donna un coup de coude, et son loup prit le contrôle, taquinant et se frottant contre son compagnon.

— *Waouh, ma chérie. Nous sommes au milieu d'un concours. Rappelle-toi ! J'aime le sexe avec toi, mais là, ce n'est pas le moment.*

Maggie laissa tomber ses hanches pour s'asseoir sur l'herbe. TJ et Jared la reniflèrent avant de rouler et d'offrir leur poitrail en signe de soumission. Si elle en avait eu le temps, elle aurait hurlé de plaisir.

Le coup de feu retentit et ils partirent, épaule contre épaule à travers les broussailles du Yukon. Un buisson qui était à hauteur de cuisse sur un humain était au niveau de sa tête, alors elle fit confiance à Erik et aux autres, des loups plus grands pour choisir le chemin le plus direct à travers le labyrinthe d'un enchevêtrement difficile.

Soudain, ils déboulèrent dans la clairière, le ciel au-dessus d'un bleu éclatant, pas un nuage. Ils coururent. Côte à côte, les pattes et les jambes volèrent, les têtes et les torses se touchèrent presque, ils furent si proches l'un de l'autre.

Il y avait quelque chose de merveilleux dans la liberté de courir à nouveau avec une meute. Alors que la nuit dernière avec Erik avait été incroyable, ce jour était une réponse à une autre partie du puzzle qui lui manquait depuis toujours. Appartenance. Liens. Faire partie d'un tout plus grand. Le cœur de Maggie battait au rythme de leurs pattes au sol, mangeant les kilomètres.

Devant, elle flairait la piste qu'ils suivaient. Plus le temps passait, plus cela devenait clair.

Ils dévalèrent une colline et s'éclaboussèrent dans un ruisseau au point le plus large, des embruns s'élevant et imbibant leur fourrure. L'air frais et vif et la luxuriance verte, brillante, chatouillèrent, inspirèrent ses sens vers de plus hauts sommets. Devant, Erik ouvrit la voie.

Son partenaire.

Son cœur.

Elle caressa son flanc avec son nez, ravie de la connexion entre eux. TJ et Jared se replièrent légèrement, la laissant ainsi qu'Erik mener, et le moment devint encore plus incroyable.

— *Tu cours bien.*

— *Je suis en vie. Vraiment vivante.*

C'était tout ce qu'elle avait à dire et cela signifiait tout.

Ils durent courir pendant une heure avant que le sentier ne vire sur le côté, vers le haut, les forçant à pousser plus fort alors qu'ils dépassèrent le flanc de la montagne. De gros rochers bloquèrent leur chemin et le sentier se rétrécit. Les équipes de loups se réunirent, forcées par le rétrécissement du chemin à se battre pour la domination. Maggie se colla près d'Erik, son cœur battant plus vite.

Erik la dirigea vers sa gauche. TJ grogna et il y eut un jappement. Elle jeta un coup d'œil par-dessus son épaule pour voir quatre grands loups se rapprocher. Jared et TJ furent séparés d'eux, et une entaille brute apparut sur l'épaule de Jared.

— *Erik ?*

— *Ce sont les tricheurs de la rivière. Darren n'a jamais été du genre à apprendre facilement. Ça te dérange si je lui donne une leçon ?*

Darren. Celui qui l'avait dévisagée.

La volonté d'Erik l'apaisa, la renforça.

— *Ce n'est pas un défi à mort, mais si je ne fais pas quelque chose, qui le fera ?*

C'était son partenaire. Elle prit une longue inspiration et donna le feu vert à contrecœur.

Le pouvoir à l'intérieur d'Erik se lâcha comme un fil sous tension, brûlant et incontrôlable. Il se tourna d'un mouvement fluide et fonça sur le chef de l'autre quatuor. Ils roulèrent ensemble, s'arrêtant avec Erik immobilisant l'autre loup au sol.

Il tint Darren à la gorge, grognant de triomphe.

— *C'était rapide.*

— *Les intimidateurs sont généralement des mauviettes.*

Un grondement sourd à sa droite attira l'attention de Maggie. Deux des loups de l'autre équipe l'entouraient, leurs babines retroussées pour montrer leurs canines dénudées.

Ses genoux s'affaiblirent ; les souvenirs l'envahirent. Des grognements et des douleurs déchirants, des nuits blanches et des cauchemars. Elle hésita une seconde.

— *Maggie, riposte. Tu es forte. Il n'y a rien qu'ils puissent te faire.*

L'un des loups lui toucha la patte arrière et elle se retourna contre lui. Se redressant de toute sa hauteur, elle laissa monter sa colère.

Trop d'années. Elle avait fui durant trop d'années, elle n'allait pas recommencer. Un grognement effrayant la fit sursauter pendant un moment jusqu'à ce qu'elle se rende compte que c'était elle qui faisait ce vacarme.

Elle baissa les yeux sur le loup.

Il se retira, balançant la tête sur le côté, cherchant son remplaçant. Maggie se jeta sur lui, lui frappant la tête avec l'arrière de sa patte. Elle ne voulait pas le faire saigner, juste l'arrêter. Comment cette équipe osait-elle transformer ce qui était censé être un événement amusant en quelque chose d'effroyable ?

En elle, la colère continuait de monter. Elle explosa. Il tomba sur le ventre en un instant et se recroquevilla. Se tournant pour faire face à l'autre loup, elle découvrit qu'il avait disparu sous TJ et Jared.

Erik hurla une fois, un long cri qui remplit le sommet de la montagne de son pouvoir.

Jared lécha son épaule et elle le rejoignit, le faisant tomber au sol avec son corps pour qu'elle puisse regarder par-dessus la blessure. L'égratignure n'était pas trop grave, alors elle le lâcha, le rassurant d'une caresse de son nez contre son menton.

— *Merci, Beta, d'avoir aidé à prendre soin de notre meute.*

La boule dans sa gorge était très étrange sous sa forme de loup.

— *Merde.*

Il eut un petit rire de loup.

— *Tu viens de t'en apercevoir ? Oui. Toi et moi, commandant en second. Alors qu'est-ce que tu en dis, on s'enfuit ? Personne d'autre ne franchira le col jusqu'à ce que nous commencions et si nous restons assis ici trop longtemps, les gens à l'aire d'arrivée vont se demander ce qu'il s'est passé.*

Elle resta immobile, confuse.

— *Personne d'autre ?*

Le reste des concurrents était allongé en groupes sur le

sol rocheux, tous les yeux les observant attentivement. Darren et son équipe étaient assis tristement à l'extrémité du rassemblement, couverts de poussière et domptés.

Elle réfléchit un instant.

— *Est-ce qu'ils attendent que nous commencions ?*

La queue de TJ battait le sol si durement que la poussière tourbillonnait dans l'air autour d'eux, et Erik lui donna un coup de coude pour qu'il s'arrête. Maggie rejeta la tête en arrière et hurla de plaisir.

Son loup était réveillé, elle était à nouveau entière, et elle et son équipe venaient d'être honorées par un groupe entier de loups.

Lorsque les échos de tous les cris reçus cessèrent de résonner sur les falaises rocheuses abruptes qui les entouraient, elle se leva, Erik et les garçons la rejoignant. Ils tournèrent et coururent, suivant la piste jusqu'à la ligne d'arrivée.

Maggie se moquait bien des Jeux. Elle avait déjà remporté le plus grand prix imaginable, et il courut à ses côtés tout le long.

11

—Je ne peux pas croire que vous avez été disqualifiés de la finale. Vous étiez à la deuxième place avant de vous lancer.

Keil soupira de dégoût.

Ils étaient de retour à Haines, assis sur le porche de la maison de Tad. Jared et TJ se disputaient sur la pelouse. Jared boitillait avec des béquilles et se disputait avec TJ.

— Il y a quelque chose dans les règles qui dit que les compétiteurs aux jambes cassées ne sont pas éligibles, quelle que soit la vitesse à laquelle nous guérissons. Lorsque l'idiot a été renversé par une voiture alors qu'il regardait les dames en route vers le défi, impossible d'expliquer aux autorités humaines que Jared n'avait pas besoin d'aller à l'hôpital. Ce n'est pas grave, tout le monde a été impressionné par le fait que nous ayons eu le plus d'indices après avoir réussi le truc de Pierre et le loup. Ce trophée que nous avons obtenu en tant qu'équipe la plus sportive n'est pas si mal.

— C'est un sacré gros trophée, il a belle allure dans la salle de rassemblement. Les anciens étaient ravis de le voir.

Tad arriva et baissa sa vitre.

— Vous avez vu Jamie ? Missy veut que je l'emmène à l'hôpital pour rencontrer les bébés.

Erik se leva de sa chaise.

— Il est avec Maggie dans la cuisine. Je vais les chercher.

Il tourna au coin, suivant la connexion invisible qu'il avait avec sa compagne. La sensation le fit sourire. Il savait toujours où elle était, et plus important encore, maintenant elle savait qu'elle était exactement là où elle était censée être.

Avec lui.

Ils réparaient sa maison, Maggie ajoutant sa contribution. La satisfaction de prendre ces décisions ensemble répondait à un grand besoin en lui.

Jamie passa en courant, ses petites jambes dodues se mouvant sauvagement.

— Tu peux distancer ta maman, mais tu ne peux pas *me* distancer.

Maggie souleva le bambin qui couinait avant de l'attraper et de le chatouiller. Son rire emplit la pièce.

Erik s'appuya contre le mur, s'imprégnant de tout.

Les yeux brillants d'amour, elle dit :

— Je savais que tu étais là.

— Tonton Eri.

Jamie cria. Il se trémoussa hors de ses bras et attaqua la jambe d'Erik, ses doigts bouffis saisissant le tissu en coton de son pantalon et laissant des traces collantes derrière lui.

— Tu veux aller voir Missy et les filles ? Tad emmène Jamie.

Maggie haussa les sourcils.

— Hmm, cela signifie que l'endroit sera vide.

Elle fit un clin d'œil.

— Je pense que je devrais rester ici, juste au cas où quelqu'un aurait besoin de quelque chose. Je peux... garder la maison.

— Oh.

Il transféra le bambin dans son autre bras et lui tendit la main. Elle se blottit contre lui, se frottant contre sa poitrine.

— Tu as besoin d'un coup de main ? Avec le gardiennage ? C'est une grande maison, avec beaucoup de chambres.

— Je pourrais avoir besoin d'un peu de soutien.

Ils se sourirent.

Erik s'éclaircit la gorge.

— Pam t'a laissé un autre tas de messages téléphoniques. Tu ferais mieux de l'appeler bientôt et de lui faire savoir que nous n'avons pas enterré ton corps dans la brousse.

— Tu es vraiment d'accord pour l'inviter à nous rendre visite ? Cela va rendre les choses difficiles, car personne ne pourra se métamorphoser tant qu'elle sera là.

Il haussa les épaules.

— Les gens peuvent négocier. En attendant...

Il la serra fort pendant une seconde, prit le petit Jamie dans ses bras et les emmena à la recherche de Tad.

— Nous avons quelqu'un à livrer à son papa, et puis toi et moi, petit loup, avons un rendez-vous.

— Je t'aime. Je suis tellement contente d'avoir eu le courage de revenir dans le Nord.

— Je t'aime aussi, et tu es assez courageuse pour affronter toute une meute de loups. Même un aussi grand que moi.

ÉPILOGUE

Maggie comprenait enfin cette expression « comme un coq en pâte ». L'idée de bouger s'avérait éreintante.

Son compagnon avait passé un bras autour d'elle comme d'habitude, la tenant fermement contre son corps nu. Une jambe repliée entre les siennes, son menton reposant sur sa tête. Elle était enveloppée et enroulée aussi étroitement que n'importe quel cadeau de Noël.

Après près de deux mois, elle apprenait à connaître les habitudes de son compagnon. Habituellement, Erik était le premier à se réveiller, sortant du lit avant elle pour faire le café et du travail en ligne.

Elle trébuchait dans la cuisine une heure ou deux plus tard pour être accueillie par l'odeur de la caféine, son compagnon tendant une énorme tasse d'élixir des dieux. Parfois, elle buvait même la tasse pleine avant que les regards paresseux et coquins qu'il lui lançait à quelques mètres ne soient trop tentants pour y résister, et ils se retrouvaient à nouveau nus.

Aujourd'hui, Maggie avait trop de raisons d'être excitée

pour dormir. Même aussi délicieuse que l'était sa position. C'était un jour important, et ils avaient beaucoup à faire...

Cependant, la pensée de la façon dont ils passaient habituellement leurs matinées la fit hésiter à rejeter les couvertures et à se précipiter en avant.

Son partenaire.

Comme c'était tout à fait merveilleux de l'avoir enroulé autour d'elle, si doux malgré sa taille énorme. Ce n'était pas seulement physiquement qu'il était grand. Son cœur était aussi trois fois plus gros que celui d'un loup moyen, et tout à elle.

Hmmmm...

D'accord, elle aimait que son cœur soit le sien, et son doux sens de l'humour, mais elle aimait tout — sa grandeur, tout. Ses joues s'échauffaient à l'idée de toute cette grandeur...

Cette partie sauvage à l'intérieur d'elle monta à la surface. *Compagnon, récréation ?*

Maggie découvrit qu'elle souriait d'une oreille à l'autre. *Cela ne te dérange pas si je le fais.*

Erik la tenait prudemment, mais il avait toujours une main sur sa poitrine. Et comme c'était presque le matin, d'autres parties de son anatomie se réveillaient.

Devait-elle laisser l'homme dormir quelques minutes de plus, ou pas ?

Les décisions. Les décisions.

Maggie ajusta légèrement ses hanches. Oui. Erik était partiellement réveillé.

L'épaisse longueur se berça contre son ventre, et elle glissa une main entre eux et la taquina doucement avec sa paume.

Ses yeux restèrent fermés, mais ses lèvres se retroussèrent en un sourire.

— Ne me réveille pas. Je fais ce rêve vraiment génial.

Elle effleura ses lèvres des siennes, la caressant toujours.

— Est-ce un rêve coquin ?

— Oh, oui.

— Bon. Nous devons avoir le même, murmura-t-elle en se calant sur son épaule.

Il roula sur le dos, l'entraînant avec lui, et pendant le moment suivant, les choses devinrent belles, chaudes et coquines, exactement comme ils les aimaient tous les deux.

Longtemps plus tard, ils gisaient côte à côte, les doigts liés, la poitrine toujours soulevée par leurs efforts. Le plaisir au-delà du physique les connecta.

— *Je t'aime*, déclara Erik clairement, directement dans son esprit. *Je sais que nous sommes déjà partenaires. Je ne pensais pas que nous avions vraiment besoin de plus, mais nous le faisons. C'est bien que la meute se réunisse pour célébrer, mais j'ai hâte aussi. C'est un autre souvenir pour nous. Ce truc de mariage.*

Maggie roula sur le côté, riant alors qu'elle poussait assez loin pour planer au-dessus de lui.

— Je suis contente que tu sois parvenu à cette conclusion, étant donné que nous faisons ce « mariage » aujourd'hui.

Il sourit paresseusement.

— Je voulais que tu saches que ce n'est pas seulement pour te rendre heureuse. Je le veux aussi.

Elle posa une main sur sa poitrine et se pencha pour l'embrasser, esquivant quand il l'attira pour une autre série d'enchevêtrements sexy.

— Pas avant ce soir, gronda-t-elle. Il y a encore des choses à préparer, et Pam arrive dans une heure.

Erik passa un doigt sur sa joue.

— Elle t'a manquée ?

— C'est ma meilleure amie, déclara Maggie. Et l'une des femmes les plus folles de tous les temps.

— Humaine. Qui est sur le point de marcher, sans le savoir, au milieu d'une meute de loups.

— Elle ira bien. J'ai beaucoup de goût pour les amis et les copains.

— Je ne peux pas dire le contraire, convint-il. Je croise les doigts, que personne ne marche nu dans la salle de rassemblement et ne la fasse paniquer.

Margaret avait déjà donné son cœur, son âme et tout le reste au bel homme qui la regardait avec amour.

Ils s'installèrent dans la cuisine, le café pénétrant enfin dans son système quand il y eut un coup et qu'une silhouette brune familière passa la tête à travers l'embrasure de la porte.

— Attention, les tourtereaux. Prêts pour votre grand jour ?

TJ lança son sourire parfaitement blanc sur son visage magnifique.

— Appelle-moi à nouveau tourtereau, et tu apprendras à voler, menaça gentiment Erik, jouant avec ses doigts sur ceux de Maggie où ils étaient liés sur la table.

La femme ricana puis fit signe à une chaise vide.

— Tu veux entrer ?

TJ franchit la porte, mais secoua la tête.

— On m'a dit en termes clairs de ne pas vous déranger longtemps, mais j'ai pensé que vous aimeriez savoir — nous avons reçu un appel à la station de rassemblement. Le vol de Pam va avoir environ une heure de retard.

Zut. Maggie essaya tant bien que mal de cacher sa déception.

— D'accord. Cela la met encore ici dans les temps.

— Qui va la chercher ? demanda Erik. Je pensais que toi et Jared seriez déjà à l'aéroport.

TJ eut l'air penaud.

— Nous avons raté l'heure de départ, alors Mark Weaver est parti sans nous.

— TJ...

Erik croisa les bras et ce fut à son tour d'avoir l'air déçu.

— Hé, cette fois ce n'était pas... entièrement... de ma faute.

TJ scella ses lèvres et refusa de dire quoi que ce soit d'autre, ce que Maggie jugea assez décent de sa part, étant donné que les catastrophes étaient souvent de sa faute.

— Nous serons à l'entrepôt dans quelques minutes, l'informa Erik, puis lui offrit une expression plus heureuse. Merci d'avoir accepté d'être notre témoin.

TJ brillait presque, se redressant et ressemblant beaucoup plus à son grand frère, l'Alpha, qu'il ne le faisait d'habitude.

— Je ne vais rien gâcher, promis.

— Tu feras ça très bien, lui assura Maggie. J'ai hâte de t'entendre jouer pour nous à la réception. Nos préférés, non ?

Il rit doucement.

— John Denver et Bon Jovi. Vous êtes hystériques, vous savez ?

— Hé, sois content de ne pas avoir demandé la chanson thème du *Friendly Giant*, déclara Erik, impassible.

Le sourire de TJ s'élargit. Il inclina un chapeau imaginaire et commença à siffler en direction de la porte.

Maggie rit en reconnaissant la mélodie de l'émission pour enfants d'autrefois, puis aspira un hoquet alors que TJ se tourna et rebondit sur le cadre de la porte. Il ajusta sa position et continua avec seulement une seconde de battement dans la musique.

Elle et Erik eurent un fou rire.

— C'est un bon gars, fit Erik, essuyant les larmes de ses yeux.

— Je suis d'accord.

TJ avait un charme qui lui était propre.

Elle se leva de table et se glissa sur les genoux d'Erik, les garçons d'honneur et les demoiselles d'honneur temporairement oubliés.

— Nous avons environ une heure à tuer...

Les yeux d'Erik s'illuminèrent.

Oui, ça allait être une belle journée. Elle pressa ses lèvres contre les siennes et fit débuter une autre série de souvenirs.

ILS N'ALLAIENT PAS SURVIVRE à ça.

TJ se demanda tristement quelle pourrait être la punition pour avoir sali le jour du mariage du Beta.

Peut-être qu'Erik serait trop distrait pour le remarquer. Peut-être que Maggie déciderait qu'ils n'avaient pas vraiment besoin d'un gâteau de mariage. Peut-être que Jared tomberait raide mort au milieu de la salle juste avant que les mariés ne coupent le gâteau et découvrent le désastre.

Ce que TJ pouvait imaginer, il pouvait l'arranger — Jared, mort. Ce serait très bien pour le moment.

— Je ne peux pas croire que tu sois si stupide.

Les mains tremblantes, TJ arpentait l'immense chambre froide à côté de la cuisine de la maison de rassemblement. Le même endroit où il avait été retardé quand lui et Jared auraient dû rencontrer Mark pour aller chercher Pam à l'aéroport.

Les étagères étaient garnies de piles de plateaux préparés — les appétits des loups étaient légendaires. Des ailes de poulet, des cuisses, des crevettes à la noix de coco et des tas et des tas de steaks attendaient d'être mis sur les barbecues à griller.

Les desserts disposés de l'autre côté de la pièce étaient tout aussi impressionnants. Tous sauf celui soigneusement placé dans le coin le plus éloigné de la pièce. Celui qui, même pour TJ, était important. Grand, épais, recouvert de glaçage blanc… avec un énorme morceau manquant à l'avant et au centre. Un triangle aux bords rugueux, et peut-être quelques empreintes.

TJ cligna fortement des yeux puis vérifia à nouveau, espérant que les dommages initiaux qu'il avait vus n'étaient pas aussi graves qu'il le pensait. En fait, c'était pire.

Jared s'appuya contre le mur, mangeant avec désinvolture une galette de hamburger froide.

— Si je peux le souligner, tu m'as dit de « prendre une bouchée ». Qu'il y avait mille milliards de choses à manger ici, et que c'était le paradis de la nourriture.

TJ se pinça l'arête du nez et comprit soudainement pourquoi son frère avait souvent l'air d'être sur le point de développer un ulcère.

Les loups étaient chiants.

— Il y a mille milliards de choses à manger. Alors pourquoi as-tu mis tes pattes sur la seule chose que tu ne devais pas toucher ?

— Il faisait sombre.

Un autre pic de douleur traversa TJ.

— Pourquoi faisait-il noir ?

Jared indiqua l'interrupteur au milieu du mur à gauche de la porte.

— Ça a été bousculé.

— La mort va être trop belle pour toi, avertit son ami.

— Cheryl est tombé dessus en arrière, admit Jared. Nous sommes devenus un peu vigoureux, et il faisait noir, et elle hurlait et...

— Je n'ai pas besoin des détails de ta dernière conquête, mec. Pourquoi avez-vous dû prendre une collation alors que vous étiez encore dans le noir ? Vous ne pouviez pas ouvrir la porte ou quoi ?

Jared eut enfin la grâce d'avoir l'air embarrassé.

— Il s'avère qu'elle aime ça dans le noir. Qui suis-je pour refuser à une femme le désir de son cœur ?

— Ou n'importe quelle autre partie d'elle ?

TJ ignora son comparse et alla à nouveau examiner les dommages.

— Peut-être que si nous...

Il pencha le gâteau sur le côté. Puis dans l'autre sens. Non. La seule chose qui le rendrait meilleur serait un chalumeau ou une pelle.

Pelle.

— D'accord, ce n'est peut-être pas le dernier jour de notre vie. Prends-moi une cuillère ou quelque chose, et apporte-moi ce que je demande. Dépêche-toi, nous n'avons pas beaucoup de temps.

C'était un miracle que personne ne les ait interrompus. C'était un miracle que TJ n'ait pas accidentellement fait glisser ses mains au mauvais moment. Il réussit à rester suffisamment coordonné pour terminer la tâche et reculer prudemment, poussant également Jared à bonne distance.

Jared secoua la tête avec étonnement.

— Incroyable. Je n'aurais jamais imaginé ça.

— Des moments désespérés, mec.

TJ baissa les yeux sur son ouvrage.

Il avait retiré une plus grande partie du gâteau, arrondissant un peu les coins pour créer un trou plus profond sur le côté. À l'extérieur de la « grotte », il avait placé quelques brownies et une pile de morceaux de biscuits au sucre, tous deux empilés de manière à ressembler principalement à de petites figurines de loups — un brun foncé plus grand, le blanc plus petit. Entre eux, il avait construit un feu de bâtonnets de bretzel recouverts de chocolat, avec un glaçage de cupcake rouge et jaune trempé sur le dessus pour les flammes.

Il partagea les restes de cupcakes supplémentaires avec Jared, et les deux mangèrent tranquillement devant sa création.

— Ce n'est pas mal, dit finalement TJ.

— Pas mal du tout.

— Maintenant, je vais trouver la chef et lui appliquer du ruban adhésif avant qu'elle ne voie les changements et qu'elle ait un choc.

Tentant.

— Tu devrais la corrompre, proposa TJ à la place. Quelqu'un le remarquerait probablement si elle disparaissait.

Jared réfléchit.

— Elle est assez chaude. Je pourrais gérer ça.

TJ leva les yeux au ciel.

— Est-ce que tout est question de sexe pour toi ?

Son ami secoua la tête pendant un moment avant que le mouvement ne ralentisse puis s'inverse en un hochement de tête.

Ils se sourirent.

— Hé.

— Je suis un jeune loup dans la force de l'âge. Qui suis-je pour refuser au monde mon incroyable magnificence ?

TJ fit semblant de mettre son doigt dans sa gorge.

— Eh bien, tu t'occupes de la chef. J'ai l'amie de Maggie dont je dois m'occuper.

— Amuse-toi avec ça. Garder l'humaine. Pauvre homme, tu auras des relations sexuelles… euh… jamais ?

TJ congédia son acolyte avec un dernier coup d'œil pour s'assurer que le gâteau avait l'air aussi respectable qu'il le pouvait.

— Tout n'est pas une question de sexe, marmonna-t-il. L'amitié est importante.

— Tu n'arrêtes pas de te le dire. Peut-être que Mark s'entendra avec elle, dans ce cas tu n'auras pas à t'occuper d'elle toute la nuit.

Peu importe. Il était temps de prendre une douche et de se préparer. C'était un grand jour pour ses amis, et quoi qu'il en soit, il ferait en sorte qu'ils passent un bon moment, y compris la meilleure amie humaine.

Peut-être qu'au milieu d'être tout responsable et merde, il s'amuserait aussi.

TJ n'avait vraiment aucune idée des surprises que la journée apporterait.

Vivian Arend, auteure de best-sellers au *New York Times*, vous présente une série de novellas légères au rythme enlevé, indépendantes les unes des autres, avec des couples prédestinés et des fins toujours heureuses.

Les Loups de Granite Lake
tome 1: Le Langage du loup
tome 2: L'Escapade du loup
tome 3: Les Jeux du loup
tome 4: Les Traces du loup
tome 5: Le Territoire du loup
tome 6: La Morsure du loup

Vivian fait actuellement traduire ses nombreuses séries. Merci de consulter son site web pour toutes les dernières informations.
www.vivianarend.com/fr

À PROPOS DE L'AUTEUR

Avec plus de 3 millions de livres vendus, Vivian Arend est une auteure de best-sellers figurant aux classements du New York Times et de USA Today. Elle a écrit plus de 70 romances contemporaines et paranormales.

Ses livres sont des romans intégraux qui peuvent se lire indépendamment de toute série et ne se terminent pas sur un suspense. Ce sont des histoires pleines d'humour et d'émotions, avec des moments sensuels et des fins heureuses. Vivian estime avoir le plus beau métier au monde. Elle habite en Colombie-Britannique, au Canada, avec son mari depuis plusieurs années (l'inspiration de chacun de ses héros et un compagnon volontaire pour toutes sortes d'aventures).

www.ingramcontent.com/pod-product-compliance
Lightning Source LLC
Chambersburg PA
CBHW031002210726
48290CB00007B/2436